Robert Deuml

Der kleine Deuml

Diese Storys sollten uns alle
bekannt vorkommen

illustriert von Robert Deuml

Impressum

Bibliografische Information der Deutschen Nationalbibliothek
Die Deutsche Nationalbibliothek verzeichnet diese Publikation
in der Deutschen Nationalbibliografie; detaillierte bibliografische
Daten sind im Internet über http://dnb.dnb.de abrufbar.
1.Auflage Juni 2019

© 2019 Robert Deuml
✉ robert.deumelhuber@web.de

Herstellung und Verlag
BoD – Books on Demand, Norderstedt

ISBN: 978-3-7412-9194-4

Inhalt

1. Das Gänseblümchen-Orakel 6
2. Lama-Spucke 14
3. Deppen on Tour 26
4. Partnertausch 33
5. Verpulverte Leidenschaft 40
6. Marienkäfer 44
7. So bläst man Kerzen aus 52
8. Dafür gibt es eine Pille 61
9. Unser Rehlein 67
10. Die Standuhr 74
11. Natürlich kann ich davon leben 80
12. Förster Aloisius 86
13. Von Ungeziefer hin zur ewigen Liebe 94
14. Der kleine Deuml 101
15. Robert Deuml (Vita) 104

1 Das Gänseblümchen-Orakel

Heiratswillige Damen im besten Alter besitzen wohl eine ausgeklügelte Fantasie, um die Aufmerksamkeit der vielen begehrten Junggesellen zu erlangen und um Ihnen nach geglücktem Kennenlernen auf einer feierlichen Hochzeitszeremonie den goldenen Ring über den Finger streifen zu dürfen. Und die holde Damenwelt bestimmte seit jeher, wer heiratet wen und wo findet das Spektakel statt. Nur eine, die Resi, war sich noch nicht sicher, wessen Prinzen sie ihre zwei übergroßen Herzen **(OW 85 D)** schenken sollte.

Aber um dies herauszufinden, hat die Natur ein praktisches Pflänzchen für alle unschlüssigen Damen parat. Bei diesem Gewächs handelt es sich um unser allseits bekanntes Gänseblümchen. Wie schon seit Generationen zuvor suchten unglücklich verliebte Damen eine Wiese mit sehr vielen der zuvor besagten Blümchen auf, um das Gänseblümchen Orakel für ihr zukünftiges Schicksal zu befragen. Man nehme eines davon, zupfe Blüte für Blüte und jede einzelne der zarten Blüten bedeutet, er liebt mich oder er liebt mich nicht. Für diese zukunftsträchtige Voraussagung begab sich unsere Resi zu einer großen Wiese, gleich hinter ihrem Wohnhaus.

Dort saß sie nun und entriss ein Blümchen aus seiner natürlichen Obhut. Die Resi dachte einige Zeit nach, sie war sich noch nicht schlüssig, bei welchem Kerl sie das Orakel beginnen sollte.
„Ich glaube, ich fang mit dem Alfons an. Er liebt mich, er liebt mich nicht, er liebt……., oh nein, nicht mit dem Sauhund Alfons! Der Luftikus säuft ja wie ein Loch und außerdem steht er mit der Arbeit auf Kriegsfuß! Der Faulenzer verjubelt für sein Leben gern das Geld der anderen!"
Nun, der Alfons kam also nicht in ihre engere Wahl. Resi warf das benützte Gänseblümchen beiseite und pflückte sich ein neues - vielleicht eines mit mehr Aussagekraft. Resi dachte sich: „Wen kenne ich noch, der als Bräutigam infrage kommt? Den Alfons, nein, den Taugenichts kann man in der Pfeife rauchen! Wie würde der Josef zu mir passen, der geht einer geregelten Arbeit als Zimmermann nach und gut aussehen tut er auch noch!"
Und so begann Resi eine neue Zählung.
„Er liebt mich, er liebt mich nicht……!"
Doch Halt! Leider gibt es bei Josef einen Haken.
„Der hat meiner Mutter letztes Jahr das Dach repariert, völlig umsonst, wie sie mir erzählte. Nach einem sintflutartigen Regenschauer

konnte sie nicht nur im Badezimmer, sondern auch in der Küche duschen. Wenn ich mit Josef antanze, bekomme ich von Mutter mehrere Wochen Hausarrest. Diese Bestrafung würde sich sicher negativ auf mein Hochzeitsgeschenk auswirken. Und wenn ich ehrlich bin, so gut sieht der Josef auch nicht aus, dass ich wegen dem einen Krieg mit meiner lieben Mutter heraufbeschwöre! Im Dorf gibt es viel bessere Kandidaten!"
Einige Zeit später, etwa sechs Gänseblümchen waren verschlissen: Da war unsere heiratswillige Resi noch immer nicht zu einem vernünftigen Schluss gekommen, keiner ihrer Heiratsfavoriten war der Prinzessin gut genug!
Etwas verärgert begann Resi in ihren Selbstgesprächen nach einer akzeptablen Lösung zu suchen.
„Was soll ich bloß tun, ich hab doch fast alle Männer des Dorfes erfasst, keiner von denen hat das Format zu einem brauchbaren Ehemann! Wenn ich Arme in diesem Stil weitermache, gehen mir bald die Gänseblümchen aus!"
Und ein weiteres Mal stand Resi vor der qualvollen Suche nach einem geeigneten Ehegatten, den sie im althergebrachten Gänseblümchen Orakel zu finden glaubte. Resi zermarterte sich ihren hübschen Kopf. Aber eine verheißungsvolle Lösung ihres Problems fand keinen Weg

in Resis kindlicher Märchenwelt voller ehrbarer Prinzen und potenzieller Ehemänner. Da saß sie nun auf einer unzählbaren Menge an gepflückten Gänseblümchen, dessen Wahrsagungen Resi stets jäh zu ihrem Vorteil unterbrochen hatte. Jeder, aber wirklich jeder Mann im Dorf durchlief Resis Orakel, selbst der junge gutaussehende Pfarrer stand auf Resis Opferliste. Jedoch, nach gründlicher Überlegung entließ Resi den ehrwürdigen Gottesmann aus ihrem geistigen Verzeichnis und wandte sich weiter der restlichen Männerwelt zu.

Dann, nach endlos langen Minuten fiel unserer Resi der Name von Herrn Julius Mausler ein. Dieser Herr ist ein leitender Angestellter am hiesigen Holzwerk und seit einigen Jahren Witwer und genau den hatte unsere heiratswillige Resi jetzt im Visier. In einem Zug pflückte sie sich ein weiteres Gänseblümchen, um es zu rupfen.

„Ich glaub, ich nehme Herrn Mausler. Der ist zwar schon sechsunddreißig und ich erst zweiundzwanzig, aber dadurch, dass er schon mal verheiratet war, ist er es sicher gewöhnt, seiner Gattin zu gehorchen.

Das ist viel wichtiger als viel Geld, Ruhm oder schnöder Sex-Appeal!"

Und so begann sie von Neuem, das Orakel zu befragen.

„Er liebt mich, er liebt mich nicht, er liebt mich……."

Nachdem Resi das einzelne Blütenblatt in der Hand hielt, das, er liebt mich, anzeigte, schmiss sie das halb entzupfte Gänseblümchen beiseite und dachte sich.

„wenn man im Vorteil ist, soll aufhören. Der Julius Mauser gehört nun mir! Und damit basta Den lass ich mir nicht durch Lappen gehen, auch dann nicht, wenn der edle Herr glaubt er müsse sein Witwerdasein weiterführen!"

Für Resi war dann alles klar! Jetzt hieß es nur noch eins, den Herrn ihrer Wahl in die von ihr gelegte Venusfalle tappen zu lassen! Unsere Resi ging auf direktem Wege zu ihrem nichts ahnenden zukünftigen Ehemann. Der Witwer staunte nicht schlecht, als er die hübsche und gut proportionierte Resi vor sich stehen sah!

„Wau, was für ein hübscher Käfer!", dachte er sich.

„Unsere Resi sieht heute zum Anbeißen aus!"

Damit ihr neu gewonnener Galan nicht gleich wieder nasse Füße bekam, ergriff Resi etwas ungestüm und ohne zeitraubende Romantik das Wort.

„Herr Mausler, ich hab es mir gründlich überlegt und bin zu jenem Entschluss gekommen. Herr Mausler, oder darf ich Herr Julius zu Ihnen sagen?"

„Gerne, Du darfst auch Du zu mir sagen!", antwortete der Angesprochene.
„Julius, weißt du, was ich beschlossen habe?"
Der, der Resi Gegenüberstehende zuckte unwissend mit den Achseln.
„Julius, ich hab dich ausgesucht! Du musst mich heiraten!"
„Wie bitte, hab ich richtig gehört?", gab Julius zur Antwort.
„Mädel, Du schmeichelst mir. Trotzdem - ich bin viel zu alt für dich und außerdem bin ich Witwer. Wie stellst Du Dir das vor?"
Nun, so ein Vollblutweib wie die Resi lässt sich nicht so leicht abwimmeln, die gibt sich nicht so leicht geschlagen! Julius Ablehnung reizte Resi umso mehr!
„Julius, ich verspreche dir, wenn du mich zur Frau nimmst, kannst Du Dich auf manch kulinarische Überraschung gefasst machen! Ich kann besser kochen als die meisten anderen Tussis in meinem Alter! Dein Leben mit mir besteht in Zukunft aus leckerem Schweinebraten, Rollbraten, Wiener Schnitzel, Hackbraten und Sonstigem, was eine gute Hausfrau in der Küche hervorzaubern kann! Sicher aber und darauf kannst du verlassen, es wird um Einiges besser sein als das was du in letzter Zeit zu Dir genommen hast!"
Nach diesem verheißungsvollen Satz begann es

in Julius' Gehirnwindungen mächtig zu arbeiten. Viel zu oft hatte er nur langweilige Wurstbrote als Nachtmahl auf der Speisekarte stehen. Nach kurzer Überlegungszeit gab er der Resi zur Antwort:
„Ok, Resi, Dein Schweinebraten hat mich überzeugt! Hopp, auf geht's - heiraten wir!"
Vier Wochen später war es dann soweit. Julius und seine Resi standen im unschuldigen Weiß und im eleganten Schwarz vor dem Standesbeamten und gaben sich das Jawort. Anschließend in der heftigen Hochzeitsnacht dachte sich Resi Mausler,
„Na, wer sagt denn, dass Gänseblümchen keinem Zweck dienen, ohne mein Orakel hätte ich keinen so braven und anständigen Ehemann wie den Julius bekommen!"

2   Lama-Spucke

Als Onkel und Taufpate hat man ein bis zweimal in Jahr die Verpflichtung, seinem Neffen einen tollen Abenteuertag zu gönnen. Mein Schützling Christian möchte unbedingt einen Ausflug in den Münchner Zoo unternehmen. Für dieses Abenteuer stehe ich gerne (gelogen) zu seiner Verfügung. Eigentlich fände ich es schlimmer, wenn mich mein vorlauter Neffe zu einem Kindergeburtstag schleppen würde, an dem sportliche Aktivitäten zelebriert werden.
Mein bevorstehendes Martyrium hatte nur einen Haken. Welchen?
Ich kämpfte mit dem Leben. Ausgerechnet an diesem einen Sonntag sollte ich als Pate und Onkel meine Pflicht erfüllen, obwohl ich doch letzte Nacht in Ottis Pilspub voll versackt bin. Mich quält die eine Frage:
„was ist, wenn der kleine Nervling mir ein Loch in den Bauch redet? Gerade heute, da ich mit allen Mitteln gegen meinen Kopfschmerz ankämpfe!"
Und tatsächlich erwies sich Neffe Christian an diesem Tag als ungemein wissbegierig. In meinen Gedanken könnte ich dem Lauser den Hals auf Null drehen. Seine Frage-und-Antwort-Attacken begannen schon an der Zookasse, als

mich die schlecht gelaunte Kassiererin fragte, wie viel Personen wir eigentlich wären. Wie aus einer Pistole geschossen gab Christian seinen unnützen Kommentar dazu:
„Wir sind eins, zwei, drei, vier. Meine Mama, mein Papa, Schwester Stephanie und ich."
„Also zwei Erwachsene und zwei Minderjährige", sagte die Kassiererin im selben unfreundlichen Ton wie zuvor.
„das macht zweiunddreißig Euro."
„Aber Christian", mahnte ich,
„wir sind doch nur zu Zweit!"
Mein Täufling sah mich mit riesigen Kuhaugen an und fragte:
„Warum?"
„Christian, siehst du vielleicht deine Mama, Papa und Schwester Stephanie?"
„Nein", antwortete die Obernervensäge.
„die sind zu Hause. Aber wir sind Vier!"
Die Kassiererin tippte voller Ungeduld mit dem rechten Zeigefinger auf die Holzfläche der Kasse.
„Meine Herrschaften, der Zoo schließt um neunzehn Uhr. Wenn ihr Euch die nächsten Stunden nicht entschließen könnt, wie viel ihr letztlich seid, dann dürft ihr gerne über den Zoozaun gucken. Also noch mal, wie viel seid ihr?"
„Zwei", sagte ich,

„ein Erwachsener und ein vorlautes Kind unter sechs Jahren."
„Onkel Robert, ab wann ist man erwachsen?", fragte Christian.
„Mann, Du nervst", bekam er von mir als Antwort.
„Und wenn du mich weiterhin mit deinen Fragen quälst, werfe ich dich in das Löwengehege!"
Das war ein Fehler meinerseits! Der kleine Terrorist gab mir zu verstehen, dass er alles, was ich sagte, seiner Mutter erzählen würde.
Also hieß es den Mund zu halten.
Wir schlenderten mehr oder minder an den verschiedensten Tiergehegen vorbei. Und jedes Mal versuchte Christian mich an seiner Wissbegier teilhaben zu lassen.
„Onkel Robert, sag, was ist das für ein Tier?"
Und da ich das Viehzeug nicht kannte, ließ ich meine Fantasie walten.
„Ich glaube, der ist ein auf den Bäumen lebendes Streifenschwein. Und es lebt in der Wüste Sahara."
„Aber Onkel Robert", fragte Christian,
„das Schweinchen lebt auf einem Baum, sagst du. Wie soll das geh'n, in der Wüste gibt es doch keine Bäume?"
„Na ja", antwortete ich,
„den einen oder anderen wird es wohl geben."

Anschließend kamen wir an einen Minisee, in dem sich Goldfische befinden, vorbei. Bei dem Anblick der Flüssigkeit fiel mir mein eigener Durst ein. Kein Wunder! Ich war ja die ganze Nacht hindurch in Ottis Pilspub. Und jeder Nachtschwärmer mit Erfahrung wird den Unwissenden bezeugen, dass Alkohol nicht nur am Ort des Feierns zu Durst verleitet. Nein, noch viel grausamer ist der Drang zu trinken kurz nach dem Erwachen am nächsten Morgen.
„Christian", sprach ich zu meinem Neffen, „wie sieht´s aus, was hältst du von einer Limo?"
Meine Einladung zu einem Softdrink wurde unter Jubel angenommen. Doch bei Cola und Co. sollte es nicht bleiben. Kinder im Vorschulalter haben vierundzwanzig Stunden am Tag Hunger. Und diese kindliche Eigenschaft bringt so manchen Taufpaten in eine Finanzkrise. Ich musste meinen Christian auch noch mit einer Currywurst beglücken, was mich zusammen mit unseren Getränken nur neunzehn Euro kostete. Nach diesem Zoobesuch werde ich wohl Privatinsolvenz beantragen müssen!
Gestärkt in Magen und Kehle ging unser Abenteuer weiter. Wir kamen am Gorillakäfig vorbei, wo sich der Hausherr gemächlich von der Nachmittagssonne verwöhnen ließ. Um ihn zu einer Regung zu verleiten, warf Christian eine halbe Semmel nach diesem imposanten Tier

und traf genau auf seinen Kopf. Und der Graurücken, was tut der? Der dreht sich gestresst zu uns und zeigt mir den Mittelfinger seiner rechten Hand.
Mich würde brennend interessieren, welch Komiker ihm diese üble Geste beigebracht hatte. Es konnte sich dabei nur um einen Autofahrer handeln. Doch wie aus dem Nichts sprang das Untier hoch und brüllte mich und meinen Neffen so arg an, dass uns Beiden das Herz kurz vor dem finalen Herzversagen stand.
Wahrscheinlich hatte der es auch noch auf die andere Hälfte der Semmel abgesehen!
Ihm die andere Hälfte der Semmel an den Kopf zu werfen war angesichts eines danebenstehenden Zoowärters äußerst fragwürdig. Mehr noch, dieses Vorhaben könnte leicht in die Hose gehen. Und ich als Erwachsener sollte dann die Rechnung für diesen Stunt tragen. Schnell, sehr schnell verließen Christian und ich den Ort, der wegen einer halben Semmel kurz vor einem Rausschmiss enden sollte.
Ich nahm meinen Christian an die Hand und Beide machten wir uns aus dem Staub. Hinter einer mannshohen Hecke versteckten wir uns und warteten darauf, dass der Zoowärter in der Menschenmenge verschwindet.
„Endlich", sagte ich, „der Kerl ist abgezogen! Komm, lass uns zu den Elefanten gehen! Bei

den Jumbos gibt es immer was zu lachen!"
Dort angekommen, stand eine Unzahl von Menschen an der Absperrung und warf den Dickhäutern Erdnüsse zu.
Und bei dieser Gelegenheit erhaschten meine Augen das, was selbst Casanova einen Engel nennt. Eine hübsche junge Dame in einem viel zu kurzen und hautengen Minirock beugte sich über das Geländer. Und jedes Mal sah man ihren aufreizenden String-Tanga. Und um mir den Rest zu geben, wippte sie lasziv mit den makellosen und faltenfreien Gesäßbacken. In diesem Augenblick waren mir die Elefanten und anderes Getier total egal. Ich konzentrierte mich nur noch auf das schöne Hinterteil jener Dame. Ich ließ meine zu Stielen angewachsenen Augen an den Rüschen des liebevoll drapierten Dessous auf und ab wandern. Mir war klar, wenn ich noch länger in dieses teuflische Textilstück und den Endlosbeinen starre, passiert ein Drama. Und das sieht in den meisten Fällen so aus, dass mir aufgrund der neckischen Darbietung meine Jeans immer enger werden würde. Was zur Folge hat, dass sich mein Hosenknopf ohne Vorwarnung selbstständig macht. Und wenn dort unten bei den Elefanten einer ist der an diesem Tag ein nicht allzu gutes Horoskop innehatte, ich ihm mit dem besagten Hosenknopf

ein blaues Auge schieße. Doch die Glut der Erotik sollte nicht allzu lange lodern.
Als ich eine ganze Viertelstunde lang den weiblichen Körper studierte, rief mir mein Neffe für alle Anwesenden hörbar einen folgenschweren Satz zu:
„Onkel Robert, warum schaust du dauernd der Tante an den Po, die hat doch nicht mal eine richtige Unterhose an!"
Eine unsichtbare Hand schnürte mir den Hals zu. Auf einmal bekam ich vor lauter Verlegenheit fast keine Luft mehr. Am liebsten wäre ich über die Balustrade zu den Elefanten gesprungen. Von allen Seiten her hörte man schallendes Gelächter. Nur die schöne Dame mit dem geilen String hatte keinerlei Humor für die frühkindlichen Worte meines Neffen. Sie verzog ihr das einst so gutaussehende Gesicht zu einer drohenden Horrormaske. Mit schnellen Schritten und einer schwingenden Handtasche ging die beleidigte Tucke auf mich zu. Es sah fast so aus, als würde sie mir das lederne Accessoire über den Kopf schlagen wollen.
Ha, von wegen schwaches Geschlecht und so! Ich stellte sie mir als eine auf einem Besen fliegende Hexe vor, der es Spaß machte, uns Männern die Haut über die Ohren zu ziehen!
Ich nahm den kleinen Verräter Christian an

meine Hand, ich wollte eilig sicheres Land gewinnen. Doch unsere Flucht wurde jäh unterbrochen. Warum?
Zu meinem Pech versperrte uns der Wärter aus dem Gorillakäfig unseren weiteren Fluchtweg.
„Aha", sagte der zu mir,
„ihr seid also die Kerle, die unsern Gorilla Big-Bonzo die halbe Semmel an den Kopf geworfen haben. Schämt Euch, der Arme ist derart verschüchtert, dass er sich nicht mehr ins Freie traut. Und! Sagt schon, wo ist die andere Hälfte eures Geschosses?"
Jetzt kam das schöne Frauenzimmer mit dem String und der schwingenden Ledertasche hinzu.
„Mein Herr", schrie sie wutentbrannt zu dem Wärter,
„dieser Perversling hat mich entehrt, indem er mich mit seinen gierigen Glupschaugen vollends entkleidet hatte. Ich wünsche sofort, dass er für diesen unsittlichen Frevel bestraft wird!"
Der Angesprochene sah abwechselnd auf mich dann auf Christian und zuletzt auf die wutschnaubende Dame und zuckte verlegen mit den Schultern.
„Ähm, hm, äh, was soll ich mit den Beiden tun? Soll ich sie über die Brüstung eines Raubtiergeheges werfen? Oder was?"
„Mann", schrie die zur Furie gewordene Dame,

„bin ich nur noch von nichtsnutzigen Weicheiern umgeben?"
„Wer ist hier ein Weichei?", wollte der Wärter wissen.
„Du", bekam er als Antwort,
„und der lange Kerl da mit dem kleinen netten Buben."
Die Hexe ließ von uns ab und begann mit dem Wärter einen Streit. Das war die Chance für Christian und mich, das Schlachtfeld mit seinen Kontrahenten zu räumen. Mein Neffe und ich bahnten uns leise einen Weg durch das Gewirr der aufgebrachten Menschenmenge.
„Nix wie weg hier!", sprach ich.
„Aber Onkel Robert", sagte Christian,
„wir können doch nicht jetzt schon nach Hause gehen! Es gibt noch so viele Tiere, die wir noch nicht gesehen haben!"
„Hey Alter", sagte ich erzürnt zu ihm,
„für heute gab es genügend Viechereien! Wir gehen heim und damit basta!"
Unter fürchterlichem Geflenne Christians machten wir uns auf den Weg, um diesen Ort zu verlassen. Wir standen kurz vor dem Zooausgang und kamen am letzten Tiergehege mit lustig anzusehenden Lamas vorbei. Diese Tiere mit ihrem wuscheligen Kopf waren eine Schau und ich konnte es mir nicht verkneifen, eines dieser lieben Geschöpfe mit meiner Hand ihren

Skalp zu verwursteln. Für einige Zeit hatten diese Viecher richtigen Spaß mit der Wellness – Kur, die ich ihnen bot. Doch irgendwann war Schluss mit Haare zerwühlen! Wie aus dem Nichts heraus bekam einer der Tiere unübersehbar dicke Backen und mit einer Geschwindigkeit eines Geschosses bot mir dieses Mistvieh seine Freundschaft an, indem sie mir eine gehörige Ladung Lama-Spucke in Richtung meines Gesichtes jagte. Mit dem ganzen Rotz im Gesicht sah ich runter zu meinem Neffen.
Und der? Die Mistkröte bekam, als er mich gründlich begutachtete, einen Lachanfall nach dem anderen. Jetzt wusste ich Bescheid, die Spucke des Lamas und das Gelächter meines Neffen waren für mich das untrügliche Zeichen, dass dieser eine Tag nicht der meinige war.
Um mich von all dem, was mir das Lama gab, zu reinigen, ging ich in ein Klo. Und da das Reinigungspersonal am Wochenende nicht zu sehr Lust hatte sich ums Klopapier zu kümmern, musste ich mich mit nur einem einzigen Papiertaschentuch säubern.
Am Ende blieb mir nichts Anderes übrig, als auch noch mein T-Shirt auszuziehen, damit ich es als Reinigungstuch zweckentfremden konnte.
Wütend wie ich war zog ich den lachenden Christian neben mir her. Für mich gab es nur

noch eine Option und die lautete:
„Nur noch raus hier, bevor ich zum Tierschlächter werde!"
In einem Gasthof, in dem sich das Münchner Bürgertum seine immense Speckwampe anfraß, bestellte ich für Christian eine Limo und Pommes mit Ketchup und für mich ein Weißbier und eine doppelte Portion Schweinebraten.
Jawohl, Schweinebraten!
Nicht dass ich Schweinefleisch über alles liebte, nein, dieser Schweinebraten war meine Rache an die Tierwelt für alles Unangenehme, was sie mir an diesem Tag angetan hatte. Ich sah mich in Gedanken, als der wieder auferstandene Jack The Ripper, der sich um alles kümmert, was auf vier Beinen steht.
Mit einer sichtbaren Genugtuung, die beinah' an gelebte Erotik erinnert, biss ich in das Fleisch und dachte kauend an Elefanten, psychisch angeschlagene Gorillas und spuckende Lamas. Und nicht zu vergessen - der rosa String-Tanga und die dazugehörigen Gesäßbacken!
Und um den Tag zu krönen, sprach der mampfende Christian zu mir:
„Gell, das war doch ein toller Tag! Du Onkel Robert so was machen wir wieder!"
Toll! Wirklich toll! Mein Neffe - der Lauser - hatte seinen Spaß.

Und was hatte ich davon?

3 Deppen on Tour

Nach einer arbeitsreichen Woche will man nur eines: man will das Wochenende mit all seinen Sinnenfreuden genießen!
Zwei Tage Leben - das haben wir uns verdient! Die ganze Woche hindurch in die Gesichter frustrierter Mitbürger zu sehen und dabei noch freundlich zu wirken, ist eine Kunst. Man kämpft jeden Tag mit schlecht gelaunten Kollegen und einem Boss, der es liebt Gratisüberstunden anzuordnen! Wer da keinen Koller bekommt, der hat einen unsensiblen Ehepartner! Diese Person, egal ob - Frau oder Mann - zieht es vor, sein geknechtetes Dasein lieber in der Firma als zu Hause zu verbringen! Alle anderen aber, die sich jedes Mal auf zwei freie Tage freuen, wollen von den Strapazen der Woche herunterkommen und endlich abschalten!
Mit seiner Freundin an einem lauschigen Badesee - oder mit Frau, Kindern und dem Familienhund - eine Sause durch die Natur zu unternehmen und dabei Landluft anstatt den Smog der Stadt einzuatmen! Vielleicht auch noch ein Besuch in einer gemütlichen Eisdiele. Nach zwei Tagen ist es eh' wieder vorbei mit Halligalli! Dann ist Montag und wir traurigen Helden stehen wieder auf der Schindermatte!

Darum lautet die Devise:
„Ab ins Wochenende! Zum Grillen, Baden und die Leber schädigen!"
Nur leider gibt es einen Wermutstropfen! Keine Angst! Es ist nicht ihr Boss mit Überstunden, nein, der Jammerlappen putzt das Haus, während seine Gattin durch Mallorca tourt. Woher ich das weiß?
Na, die ganze Stadt weiß, welchen Status er bei seiner Gerda genießt! Der Widerling ist beschäftigt!
Ich meinte einige Herrschaften, die uns allen das bisschen Leben schwermachen. Diese bittere Pille nennt sich: „Deppenalarm!"
Nicht nur die Fleißigen oder Intelligenten haben ihre freien Tage, oh nein, das wär zu schön! Auch die ins unermesslich anwachsende Fraktion der nervigen Deppen hat laut gewerkschaftlichem Tarifvertrag das Recht auf freie Tage! Shit!
Warum müssen diese Terroristen ausgerechnet an den Samstagen sowie den Sonntagen frei haben?
Ich würde für diese Herrschaften eine sinnvolle Freizeitreform starten! Diese Probanden sollen an den Werktagen ihre Jubeltage haben. Es wäre nur zu ihrem eigenen Vorteil. Sie würden unsere Nerven schonen und wären dabei stets unter sich! Von Montag bis Freitag hätten diese

Hirnis genügend Zeit Dummheiten zu begehen! Man darf sich keinerlei Illusionen hingeben! Wir müssen wohl oder übel mit den Deppen auskommen, auch wenn es uns keinen rechten Sinn vermittelt. Jetzt - zur Sommerzeit - gibt es keinen Quadratmeter Heimaterde, der nicht von diesen nervigen Männern wie auch den Damen besiedelt ist.

Halt! Ich muss mich korrigieren! Der überwiegende Teil jener Personen besteht aus dem männlichem Geschlecht. Nur sehr selten verirrt sich eine Dame in die Obhut hochgeistiger Erbsenzähler.

Oft frage ich mich:

„Wie können die sich so explosionsartig vermehren?"

Lassen wir diese Frage andere beantworten, warum ausgerechnet dieser Menschenschlag mit aller Kraft versucht, die Weltherrschaft an sich zu reißen.

Eigentlich will ich über einen Herrn berichten, der zu viel Luft unter seiner Schädeldecke beheimatet. Dieser lebt in meiner Stadt. Alle kennen ihm nur unter dem Namen Herr Josef. Dieser Sonnyboy darf sich meines Erachtens als der unangefochtene 1.Vorsitzende aller neunmalklugen Oberdeppen rühmen - ein wahrhaft ehrlich erworbener Titel! Josef, der ehemalige

Lehrer, der nach seinen eigenen Angaben intelligenter als Albert Einstein sei, gab uns allen zu verstehen, dass es nur einen gab der die Welt retten konnte. Und diese Person heißt Josef und damit meinte er sich selbst!

Ein armer Irrer! Dabei er ist so unselbstständig, dass er selbst eine Elektrofirma in sein Heim ordert, damit die ihm seine durchgebrannten Glühbirnen auswechselt. Aber die Welt retten - das kann unser Held!

Wenn Josef zum wiederholten Male seine Monologe verbreitet, stehen seine Opfer kurz davor unrettbar einzuschlafen. Denn eines ist gewiss: es redet nur einer und zwar der Ober, Ober, Oberlehrer Herr Josef! Dabei war nicht einer seiner hochtrabenden Reden von maßgeblicher Bedeutung. Mit seiner pessimistischen Anschauung verbreitete er nur Weltuntergangszenarien in reinster Form. Nichts ist dem Wortterroristen heilig, egal ob es sich um Deutschlands Asylpolitik - oder das Versagen unserer Volksvertreter handelt. Ist dieses Thema erschöpft, geht es mit der zukünftigen Rentensituation weiter. Seiner Meinung nach müssten alle, die in ein paar Jahren in Rente gehen, den Hungertod erleiden!

Widerspricht einer, muss der mit einer Kanonade von wüsten Beschimpfungen - oder gar

recht unfeinen Beleidigungen - rechnen. Widerspruch ist für Josef wie das rote Tuch für einen Stier. Schließlich habe er studiert, also musste er es besser wissen.
Seine Mitmenschen sind mit ihrer eingeschränkten Sichtweise unfähig, diese Welt ökonomisch sinnvoll zu gestalten.
Dieses Affentheater um seine Person geht uns allen regelrecht auf den Sack!
Nur einmal erlebten wir unsern Herrn Josef schweigsam und in sich gekehrt!
Das war vor drei Jahren. Unser Oberlehrer hatte sich zum Geburtstag ein sündhaft teures Fahrrad gekauft. Dieses Teil hegte er wie seinen Augapfel. Die anderen Fahrräder konnten es nie und nimmer mit seinem Exklusiv-Drahtesel aufnehmen. Nur das seinige war perfekt! Alles andere war seiner Meinung nach nur purer Schrott! Eines muss man ihm zugutehalten, er besaß wirklich ein tolles Fahrrad! Da konnte man schon neidisch werden! Ein Fahrrad für zweitausendfünfhundert Euro. Bei diesem Preis muss es ja was Besonderes sein! Nur, allzu lange durfte sich Josef nicht an seinem Schatz erfreuen. Wie schon erwähnt saß Josef schweigsam und am Boden zerstört in seinem Stammcafé und haderte mit Gott und der Welt. Zum ersten Mal seit ich ihn kenne hielt er seinen vorlauten Mund! Wir alle rätselten:

„Aber Josef, was hast du denn?"
Langsam brach er sein Schweigen. Josef erzählte uns in allen Einzelheiten, was ihm und seinem Fahrrad widerfahren war. Er, der sonst über alles Bescheid wusste, musste zum ersten Male zugeben, dass auch er nicht perfekt sei.
Josef radelte nach eigenen Angaben zu sich nach Hause. Dort stellte er seinen Luxusdrahtesel an die Hauswand und mit einer schweren Eisenkette machte er es den Fahrraddieben unmöglich es zu stehlen. Aber ein Depp bleibt nun mal sein Leben lang ein Depp. Denn, hätte er das edle Vehikel an dem vorgesehenen Fahrradständer angehängt, gäbe es kein Problem! Er aber hatte es nur abgesperrt! Er dachte sich sicher, dass dies genügen würde! Irrtum! Ein professioneller Fahrraddieb musste nicht mal die eiserne Kette kappen. Dieser Unhold legte sich das Teil seiner Begierde einfach auf die Schultern und trug es mitten in der Nacht gemütlich davon.
Und da Josef geiziger als die Comicfigur Dagobert Duck war, verzichtete er auf eine Diebstahlversicherung. Wir alle fanden es sehr, sehr nett von Herrn Josef, dass er einem Bedürftigen zu einem edlen Fahrrad verhalf!
Bravo, so was nennt man bedingungslose Nächstenliebe!

4 Partnertausch

Erstaunlich, was sich manch einer alles einfallen lässt, um seiner Ehe mehr Schwung zu verleihen! So wie ein Pärchen mit den Namen Alfons und seine Gattin Sandra, die Beiden sind seit längerer Zeit glücklich verheiratet, doch nach so langer Ehezeit muss es niemanden verwundern, dass es mit der Liebe und Leidenschaft immer mehr bergab geht.
Und genauso ergeht es einem anderen, ihnen befreundeten Paar, dem Josef und seiner Franziska. Die Vier kannten sich schon sehr lange und hatten sich in ihrer ehemaligen Stammdisco kennengelernt. Die beiden Paare waren also seit längerem eng befreundet und sie haben alle vier dasselbe Problem: wo früher eine gehörige Portion Leidenschaft herrschte, wurde es mit der Zeit immer ruhiger, doch diese Flaute musste um jeden Preis geändert werden! Darum berieten sich beide Paare, jedes für sich. Der Alfons dachte da an aufreizende Erotikwäsche, die zwar nicht wärmen, aber dafür jeden Mann um den Verstand bringen sollte.
„Typisch Mann", sagte seine Sandra,
„Ihr Kerle seid allesamt Ferkel!"
Die Sandra ist zwar eine liebreizende Person,

nur leider etwas prüde und erzkonservativ. Dafür ist sie sehr belesen und hochintelligent.
Bei Josef und Franziska lief die Sache schon viel, viel besser, die Beiden waren sich stets einig und für jede noch so große Schweinerei zu haben.
Eines Abends vor dem Fernseher begann Josef ein heikles Thema mit seiner Franziska anzuschneiden, mit der Absicht, ihre Ehe etwas horizontal zu beleben.
„Franziska, hör mir mal gut zu! Wie Du sicherlich selber bemerkt hast, ist unsere Ehe zur Zeit etwas angestaubt und müde geworden. Wie wäre es, wenn wir uns etwas komplett Neues einfallen lassen würden? Hättest Du nicht mal Lust auf einen Partnertausch? Unser Freund Josef wäre liebend gerne dazu bereit, mit von der Partie zu sein! Und seine Sandra werden wir auch noch zu diesem Schritt überreden und ihr das erotische Abenteuer schmackhaft machen! Die liest doch nur deshalb ihre doofen Bücher, um sich vor dem Frust im Schlafzimmer zu entziehen!"
Mit einen frivol versauten Gesichtsausdruck antwortete Franziska ihrem Gatten:
„Du, das wäre sicher eine tolle Idee! Nur zu gerne, werde auch ich bei dieser Sache mitspielen. Es sind doch unsere besten Freunde und der Alfons ist ein toller Macker. Allein schon bei

dem Gedanken wird mir ganz heiß!"
Nach diesem Gespräch schmiedete sich Josef einen Plan zurecht, wie das Schäferstündchen über die Bühne gehen sollte. Alfons, Franziska und Josef waren sich einig, und jeder von ihnen hatte leuchtende Augen bei dem Gedanken, den Partner des jeweiligen Freundes zu vernaschen. Nur eine Sache musste noch bereinigt werden.
„Wie bringen wir drei unsere Sandra dazu, bei diesem Abenteuer mitzumischen?"
„Nur keine Angst, meine Freunde, meine Sandra werde ich schon noch weichkochen, an ihr soll der flotte Spaß wirklich nicht scheitern!"
Mit diesem Satz beruhigte Alfons seine Freunde. Zuhause begann Alfons sehr vorsichtig das schwierige Thema des kollektiven Partnertausches mit seiner hübschen, aber prüden Sandra zu besprechen:
„Sandra, mein Goldschatz, ich habe eine delikate Bitte an Dich, unsere Freunde Josef und Franziska haben mir spontan den Vorschlag zu einem netten Partnertausch gemacht. Ich finde die Idee einfach super und es würde sicherlich unser festgefahrenes Liebesleben positiv beflügeln! Also, mein Schatz, wie denkst Du über dieses Angebot?"
„Mein Gatte, wenn Du glaubst, es wäre gut für unsere Ehe, dann will ich kein Spielverderber

sein, ok, Du sollst Deinen Spaß haben! Auch ich werde - wenn auch widerwillig - bei diesem Spiel dabei sein!"

Voller Freude rannte Alfons zum Telefon und gab seinen Freunden das grüne Licht für das lustvolle Treiben. Und alle waren sich mit dem nächsten Samstag als erotischen Vollstreckungstermin einig. Vor lauter Freude sprang Alfons im Zimmer auf und ab:

„Hurra, was für ein Spaß, meine Liebste lässt mich also nicht im Stich! Ich glaube auch, dass sich meine Sandra über den Tausch der Partner prächtig amüsieren wird!"

Augenblicklich gab Alfons seinen guten Freunden Bescheid über Sandras Jawort und so sollte das Ganze aussehen: Alfons übernachtet bei Franziska und der kesse Josef schläft bei der Sandra. Am nächsten Samstag dann soll schließlich die horizontale Sause stattfinden. Die ganze Woche über waren Alfons, Franziska und der Josef völlig aufgedreht. Den Dreien konnte es nicht schnell genug gehen und sie warteten sehnlichst auf den heiß erhofften Samstag. Nur für Sandra schien es, als würde alles beim Alten bleiben. Endlich, der Kalender zeigte das lang erhoffte Wochenende an und unsere vier Freunde machten sich für den vielversprechenden Abend bereit.

Alfons besorgte Champagner und Josef kaufte

edle Pralinen. Franziska und Sandra brauchten natürlich nichts zu diesem Abend beitragen, sie sollten einfach nur hübsch für den bevorstehenden Abend sein. Abends machten sich Josef und sein bester Freund bereit für ihren Auftritt bei der jeweiligen Ehefrau des anderen. Josef gab seiner heißblütigen Franziska einen fetten Kuss auf den Mund und verabschiedete sich von ihr mit den Worten:
„Mein geliebter Schatz, ich hoffe, es wird ein schöner Abend für Dich und unseren Freund Alfons!"
Und er verließ total happy das gemeinsame Haus. Beim Alfons und seiner Sandra sah die Abschiedsszene nicht anders aus:
„Meine Sandra-Maus, ich glaube, diese bevorstehende Sache wird unserer Ehe wieder frischen Wind geben und danach wird es zwischen uns viel, viel besser laufen als jemals zuvor!"
Als Alfons am Haus der tollen Franziska läutete, öffnete diese in einem sehr knappen und durchsichtigen Negligé oder besser noch - in einem Hauch von einem dünnen Nichts. Sofort, um ja keine wertvolle Zeit zu verlieren, fielen die Beiden total erotisiert wie wilde Tiere übereinander her.
Doch bei unserm unwiderstehlichen Josef sah der Tatbestand schon etwas problematischer aus: statt mit scharfer Reizwäsche wie seine

Franziska, trug die Sandra unterdessen einen verfilzten Pulli und eine wunderschöne unerotische Leggins und die karierten Filzpantoffeln ihres Gatten Alfons. Unser Josef machte ein enttäuschtes Gesicht und wusste zuerst nicht, was das alles zu bedeuten habe.
Doch Sandra ließ es ruhiger und langsamer angehen. Bei Alfons und Franziska ging die Post ab, die Beiden trieben es ins Unermessliche und vergaßen alles um sich herum. Schließlich durchlebten Beide seit längerem eine sexuelle Diät!
Nur Josef und Sandra saßen noch voll angekleidet im Wohnzimmer, tranken Melissentee und aßen Josefs mitgebrachte Pralinen. Wie schon anfangs erwähnt ist Sandra sehr belesen und hochintelligent, sie hatte sicherlich einige hundert Bücher im Regal.
Den anderen Beiden, Alfons und Franziska, war dies alles völlig egal und von wegen Bücher - das war der letzte Gedanke, an den die Beiden dachten! Soeben begannen die zwei Leistungssportler mit ihrer dritten Runde. Die keusche Sandra aber unterhielt sich prächtig mit dem verstörten Josef - und das für die ganze Nacht.
Wütend dachte sich Josef:
„Verdammt und zugenäht, warum habe ich Kondome und ein wirksames Potenzmittel bei mir?"

Sandra freute sich riesig. Wie schön - endlich hatte sie jemanden, mit dem Sie sich über all ihre Bücher unterhalten konnte!
Was für ein Glück! Durch den Partnertausch erfuhr Josef das ganze Spektrum der klassischen Weltliteratur von A bis Z!
„Welch kunstsinniger Hochgenuss!"

5 Verpulverte Leidenschaft

Wer von uns kennt sie nicht, diese qualvolle Leidenschaft, die uns Männer des Öfteren heimsucht, sobald wir an schöne Frauen denken.

Herr Peter zum Beispiel, ein notorischer Frauenheld, kann über dieses Thema das eine oder andere Lied davon singen. In seinem Kopf wüten ständig die wildesten Orgien, aber die reale Ausführung seiner versauten Gedanken sollte den Casanova des Öfteren im Stich lassen. Leider ist unser Peter unterhalb seines Gürtels etwas schwach in der Lendengegend oder noch genauer gesagt, seine Potenz hing schon seit längerem an einem Krückstock.

Doch bei diesem Problem kann jedem erfolgreich geholfen werden.

Wie wir alle wissen, gibt es seit kurzen ein wirksames Wundermittel. Ovale Form, Außenfarbe Hellblau und im Inneren ist die Tablette weiß wie Schnee. Doch dieses herrliche Weiß sollten die Wenigsten zu Gesicht bekommen, denn Herren mittleren Alters müssen stets eine ganze statt einer halben Tablette zu sich nehmen.

Aber bitte, nur keine Angst meine Herren, alles bleibt unter uns!

Die Sache hat nur einen Haken! Leider kennen auch sehr viele unserer Ehefrauen diese Tabletten und deren kräftigende Wirkung. Wir Männer müssen diese schon mit sehr viel Fantasie und Feingefühl vor den misstrauischen Frauen verstecken.

Doch unser schlauer Peter hatte hierfür eine rettende Idee. Man muss die Pillen nur zu Pulver zerstampfen und keine noch so intelligente Ehefrau dieser Welt wird den eigentlichen Zweck dieses Pulvers je erfahren!

Und wenn es dann doch heikle Fragen geben sollte, dann kann der Herr immer noch behaupten:

„Schatz, es ist ein Magentonikum."

Heute soll es mal wieder soweit sein! Peter, unser Don Juan, hat telefonisch ein Tête-à-Tête mit einer attraktiven Dame vereinbart.

Seiner lieben Gattin erzählte Peter eine fantasievolle Märchengeschichte von vielen stressigen Überstunden und einem Geschäftsessen mit der Belegschaft und dergleichen.

Frisch gebadet, mit einem betörenden Parfüm einbalsamiert und bewaffnet mit dem angeblichen Magentonikum, macht er sich auf den Weg zu seinem amourösen Abenteuer.

An der Hoteltür angekommen, schluckte unser Held noch ganz schnell das zerstampfte Ständerpulver.

„Hurra", dachte sich Peter vergnügt,
„heute lass ich die Sau raus - egal, was mich der Spaß kosten sollte!",
und läutete zweimal an der Tür mit dem vielversprechenden Namensschild.
„Modell Susi."
Das bildhübsche und fast nackte Fräulein Susi öffnete ihrem Kunden und dem Peter blieb vor deren erotisierender Ausstrahlung glatt die Spucke weg. Aber nur zum Staunen war er nicht hier, da sollte einiges mehr passieren! Man redete auch nicht lange um den heißen Brei herum und Beide waren einig über den Preis. In Windeseile sprangen die Zwei aus den Klamotten, und nackend wie sie jetzt waren legten sich Beide auf die Turnmatte, die eigentlich als Bett dienen sollte.
Im selben Augenblick, als Peter und das Fräulein Susi mit ihrem lustvollen Ringkampf beginnen wollten, grummelte es heftig in Peters Magen. Es hörte sich sehr verdächtig nach einem beginnenden Dünnpfiff an. Beginnend? Aber nicht doch, unser Peter musste mit aller Kraft sämtliche Körperöffnungen zukneifen. Der arme Tropf rannte, wie vom Finanzamt verfolgt, für die nächsten Stunden in Richtung Bordelltoilette.
Nun wird sich mancher fragen, was passiert sei?

Ganz einfach, so dumm wie unser Casanova geglaubt hatte, war seine Gattin auch wieder nicht. Diese hatte ihn längst durchschaut, schließlich kennt sie ihren „alten Hurenbock".
Frau Meisenhuber, Peters Ehefrau, hatte hinter Peters Rücken das Potenzmittel mit einem rasch wirkenden Abführmittel vertauscht.
Ra Ta Ta Ta Ta Ta Ta…………..Ta!
Während ihr Gatte sehr angestrengt die Tapeten in der Pufftoilette bewunderte saß Frau Meisenhuber gemütlich in ihrem Fernsehsessel und dachte sich vergnügt,
„Heute soll es sich mein Göttergatte mal richtig gut gehen lassen!"

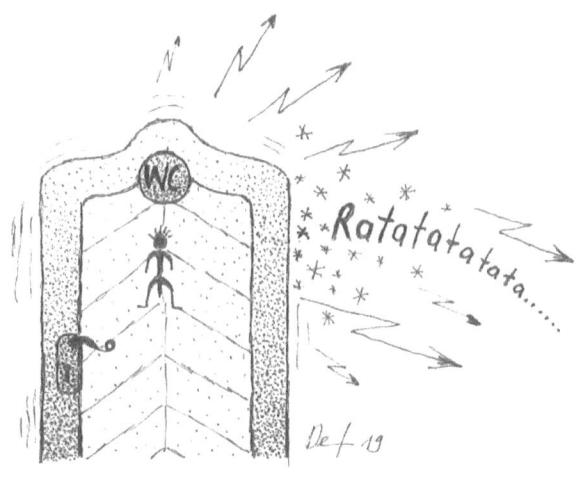

6 Marienkäfer

Die christliche Seefahrt ist nicht immer so lustig, wie es für manchen Zeitgenossen den Anschein hat. Man bedenke - die hier Arbeitenden sind das ganze Jahr auf dem Schiff. Zu selten bekommt hat man die Chance, seine Beine auf festem Land zu bewegen. Wie sollen die jungen Matrosen neue Menschen kennenlernen? Davon kann Ernesto, der Koch auf einem Luxusliner, so manche Geschichte erzählen. Allzu oft kam er sich auf seinem Schiff vor, als sei er ein Gefangener. Wenn er dann nach zwei langen Wochen seinen ersten Landurlaub bekam, wollte er nur das ein, Ernesto mochte um jeden Preis die Sau rauslassen. Unter „Sau rauslassen" versteht Ernesto nur eines, er will sich mit einer attrak‐

tiven Dame zu einem erotischen Ringkampf treffen. Es war ihm völlig egal, was das rauschende Rendezvous kosten sollte. Hauptsache, es wurde ein erfolgreicher Abend für unseren sinnlichen Frauenfreund. Diesmal ging seine Fahrt von Griechenland aus über Italien nach Frankreich - direkt nach Marseille. Erst dort bekam Ernesto seinen wohlverdienten Landurlaub. Mit kindlicher Vorfreude auf das, was ihm die nahe

Zukunft bereithielt, machte sich Ernesto startklar für sein horizontales Abenteuer. Mit all seinem Ersparten machte er sich frisch gebadet und gekämmt von Bord und ging zielsicher ins Marseiller Amüsierviertel. Hier in diesem erotischen Schmelztiegel machte er sich daran, in einem der vielen Stundenhotels ein passendes Weibchen zu finden. Daraus sollte nichts werden, denn auch ein anderes Schiff aus Italien lag mit einer Unzahl von sexuell ausgehungerten Italomatrosen im Marseiller Hafen.
„Ach ja", dachte er sich.
„Diese Saubande hat mir gerade noch gefehlt! Italiener, das weiß doch jedes Kleinkind, haben nur Spaghetti, Vino und schöne Frauen im Kopf!"
Ernesto weiß, wovon er spricht, schließlich ist er italienischer Abstammung und kannte seine Landsleute nur zu gut. Wegen diesen Saufbolden sind alle interessanten Edelpuffs bis zur letzten Dame ausgebucht. Und so musste Ernesto seine hohen Ansprüche an die holde Weiblichkeit wohl um einiges herunterschrauben und in einem weniger komfortablen Hotel sein Glück erneut versuchen. Unser Ernesto befragte einen herannahenden Taxichauffeur, wo ein solches Hotel zu finden sei. Dieser hatte für seinen Kunden auch sofort eine annehmbare Alternative parat.

"Jawohl mein Freund, ich weiß ein nettes und sauberes Etablissement gar nicht weit von hier. Die Frauen sind hübsch und der Service ist auch nicht zu verachten. Und es kostet bei Weitem nicht so viel wie in einem Edelschuppen. Hier musst du nicht für zwei Stunden Spaß deinen halben Monatslohn hinblättern."
„Ok, fahr mich sofort dorthin. Mann, hab ich es eilig", antwortete Ernesto dankbar und gab dem Taxifahrer den Befehl, er solle doch einen Zahn zulegen und Gas geben, schließlich habe er sehr viel in diesem Gebäude zu tun. Also trat der Taxifahrer aufs Gaspedal. An jenem besagten Hause angelangt, bezahlte Ernesto die geforderte Transportsumme und gab dem zuvorkommenden Taxifahrer ein fürstliches Trinkgeld.
Beim Betreten des Etablissements, kamen bei unserem Freund die ersten Zweifel auf. Die angeblich hübschen Damen und die Hygiene dieses Hauses waren seines Ehrachtens nicht auf dem neuesten Stand.
Keine der hier arbeitenden Damen war jünger als fünfzig.
Und was den Zustand des Hotels betraf - überall blätterte die Farbe von den Wänden, es roch nach Moder, Schimmel und eingetrocknetem Männerschweiß. Hier in dieser Rattenburg konnte man sich alles Erdenkliche an Ungeziefer einfangen. Nach reichlicher Überlegung

kam Ernesto dann doch noch zu einem Entschluss:

„Lieber hier und eine dieser uralten Schachteln poppen als weiterhin fünf Wochen lang am sexuellen Notschlauch zu darben! Und so schlimm wird es schon nicht werden, bestimmt macht es sogar sehr viel Spaß!"

Eine Blonde oder mehr eine grauhaarige Schönheit mit wackeligen Zähnen bot dem Freier Ernesto sehr günstig ihre Dienste an. Dieser war mit allen Details wie Preis und Leistung einverstanden und so gingen beide für die nächsten Stunden aufs Zimmer.

Stunden später: Als man mit der erotischen Rangelei fertig war, verabschiedete sich Ernesto von seiner zeitweiligen Freundin und verließ befriedigt das heruntergekommene Stundenhotel. Er war wieder auf seinem Schiff.

Mitten in der Nacht, als Ernesto total erschöpft von der netten Vögelei vom Nachmittag in seinem Bett lag, begann es den Casanova Ernesto sehr empfindlich an seiner edelsten Stelle zu jucken. Den ganzen Abend hindurch musste er sich pausenlos kratzen. An manchen Stellen sogar so sehr, dass es blutete, wodurch er die ganze Nacht nicht schlafen konnte. Unausgeschlafen und mit Augenringen bis runter zu den Knien wandte sich unser Freund am nächsten Morgen an den Schiffsarzt. Von ihm erwartete

Ernesto eine genaue Diagnose. Der Medikus musste nicht lange überlegen - schließlich kannte er all die Ansteckungsgefahren seiner Schäfchen. Er hatte auch gleich einen Verdacht. Und nach gründlicher Untersuchung sollte sich seine Vermutung bewahrheiten.
„Na, mein Guter, Sie haben sich kleine Käferchen eingehandelt!"
Völlig verunsichert fragte Ernesto den Schiffsarzt:
"Welche Käfer sollten das sein, solche kenne ich nicht, woher kommt dieses Viehzeug?"
„Also muss ich wohl Klartext mit Ihnen reden. Um es genauer zu formulieren, ungebildete Menschen würden diesen lieben Tierchen den Namen Filzläuse geben. Die bekommt man dadurch, wenn ein Mann mit einer ihm nicht näher bekannten Dame erotische Liegestützen macht", antwortete der Bordarzt schmunzelnd.
Nach dieser Auskunft rannte Ernesto wütend aus der Arztpraxis und verließ wie ein brennender Torpedo das Schiff. Sofort rief er sich ein Taxi herbei und mit einem Höllentempo fuhren beide zu dem mit Tierchen verseuchten Hotel.
Dort angekommen, läutete Ernesto eilig an der Bordelltür. Sofort wurde ihm geöffnet. Glaubten doch die Damen des Hauses, es handle sich um zahlende Kundschaft. Im Kontaktraum traf Ernesto unter all den Grazien jenes Fräulein

vom Vortag. Er gab der Dame ein Zeichen und Beide gingen auf ein freies Zimmer. Im selben Raum wie tags zuvor ließ der vermeintliche Kunde die Katze aus dem Sack.
"Hey, kannst du dich noch an mich erinnern? Gestern war ich bei dir, habe siebzig Euro bezahlt und als nettes Andenken an unsere Zusammenkunft hast du mir Filzläuse vererbt. Nun, du alte Schnepfe, was sagst du dazu?"
"Ja mein Freundchen, was glaubst du, was man für lumpige siebzig Mäuse alles bekommt. Hättest du statt der siebzig hundertzwanzig bezahlt, dann hätte ich dir statt der Filzläuse, lauter nette Marienkäferchen geschenkt. Und nun verpiss dich! Nimm gefälligst dein ekliges Viehzeug mit! Du hast schließlich dafür bezahlt!", schrie das Freudenmädchen.
"Ich möchte sofort mein Geld zurück, sonst mach ich dir einen Aufstand, dass dir das Witzereißen ein für alle Mal vergeht!", rief Ernesto wütend zurück. Nun hatte das Fräulein endgültig die Nase voll und schrie aus vollem Halse: „Hilfe, ich werde bedroht!"
In diesem Moment öffnete sich hinter der Dame eine Tür und deren Beschützer betrat den Raum. Nach langem Hin und Her verlor auch der Zuhälter die Geduld. Dieser packte den Radaubruder Ernesto am Hemdkragen und warf ihn sehr unsanft vor die Tür. Draußen drückte

der Rohling seinem Kampfgefährten die Visitenkarte jenes Hotels mit seiner Faust ins Gesicht. Und damit es jeder sehen konnte, entwickelte sich sofort ein strahlend azurblaues Auge. Deprimiert und mit einem geschwollenen und tiefblauen Augenrand ging Ernesto zurück auf sein Schiff. An Bord ließ er sich vom Bordarzt ein tödliches Medikament für seine lebhaften Tierchen und eine kühlende Salbe für das blaue Auge geben. Doch wie es scheint, sind die Tierchen sehr robust im Kampf mit der Chemie. Kein Wunder, die stammen allesamt von einem Matrosen und Seeluft hält ja bekanntlich gesund. Das vom Arzt verschriebene Medikament verfehlte seine Wirkung. Die lästigen Biester waren alle immun gegen das angeblich tödliche Pulver. Und so kamen diese niedlichen Käferchen mit dem Vulgärnamen „Filzläuse" durch die Obhut Ernestos durch ganz Europa und anschließend nach Amerika, genauer nach New York, wo man die Tierchen freudig und mit weit ausgebreiteten Armen empfing. Die Damen aus ganz Amerika kreischten wie auf einem ehemaligen Beatles Konzert, als auch sie von dem Besitz jener possierlichen Tiergattung erfuhren. Und nur Ernestos Tierliebe ist es letztlich zu verdanken, dass es weiterhin zu einem regen Austausch dieser anhänglichen Spezies kam.

7 So bläst man Kerzen aus

Für einen Herrn spätmittleren Alters wird es wohl nichts Schöneres geben als die Gunst einer jungen hübschen Dame! Einmal nur, nur ein einziges Mal wieder jung sein, selbst wenn es die letzte Chance sein sollte! Dafür lohnt es sich doch, Toupet und ein bauchminderndes Korsett zu tragen!
Ach ja, unsere Oldies, immer zu einer Affäre bereit!
Selbst dann noch, wenn sie langjährig verheiratet und Kinder und gar schon einige Enkelkinder haben!
Und genau diese Chance verfolgte ein alter seriöser und vor allem verheirateter Herr! **(Um der Wahrheit etwas näher zu kommen, er war ein alter geiler Bock).** Herr Muschka, Inhaber eines gut gehenden Bekleidungsgeschäfts, ging wie so oft auf Geschäftsreise und bei dieser Gelegenheit ließ der edle Herr keine Möglichkeit aus, der blutjungen Damenwelt tüchtig den Hof zu machen.
Diesmal ging die Reise in die bayrische Hauptstadt München. Dort angekommen, machte sich Herr Muschka auf den Weg zu einem komfortablen Hotel. Nachdem er sich kulinarisch gestärkt hatte, machte er sich bereit für das

Münchner Nachtleben. Fein rausgeputzt ließ er sich zu einem stadtbekannten Amüsierschuppen chauffieren. Er weiß aus eigener Erfahrung, dass es in jenem Tanzpalast nur so wimmelt von aufreizend jungen Damen! Und diese Küken warten nur darauf, von einem der anwesenden Senioren ausgehalten zu werden! Herr Muschka begab sich an die Bar und wartete darauf, was der Abend für ihn bereithielt. Er sollte nicht allzu lange warten! Ihm gegenüber stand eine kindhafte Dame, ach was sag ich, ich meinte wohl dort drüben stand ein Engel, ein blonder Engel, um es genau zu sagen!

Das junge Fräulein, vor kurzem noch mitten in der Pubertät, betrachtete ihr neues Opfer Herrn Muschka und zwinkerte ihm kokett mit ihren azurblauen Augen zu. Trotz des Versprechens seiner Ehefrau gegenüber nicht fremdzugehen verlor unser grauhaariger Don Juan seinen Verstand und ließ der Unvernunft freien Lauf. Völlig überwältigt von so viel anmutiger Schönheit wandte sich Herr Muschka an das Fräulein:

„Hallo, schöne Dame, darf ich mich Ihnen vorstellen, ich bin der Franz und es würde mir sehr viel Freude bereiten, Sie zu einem Cocktail einzuladen!"

Mit einem raffiniert gekonnten Wimpernschlag antwortete ihm die Dame seiner Wahl:

„Aber sehr gerne, Herr Franz, und nennen Sie

mich Brigitte! Ich habe Sie schon beim Betreten des Lokals beobachtet und mir gedacht, wow, der sieht vielleicht interessant aus!"
So nahm die verhängnisvolle Lovestory zwischen Herrn Franz und dem Fräulein Brigitte ihren Anfang. Beide tranken einen Drink nach dem anderen. Sie wurden dadurch immer enthemmter und tanzten sehr leidenschaftlich, so, als wäre es ihr letzter Tag! Stunden später wagte sich Herr Muschka alias Franz im Flüsterton an seine aparte Begleitung:
„Allerliebste Brigitte, was würdest du zu einem delikaten Schäferstündchen mit mir sagen? Meine Gute, glaube mir, ein schöneres Geschöpf als du es bist findet man nicht alle Tage. Du könntest dabei einem alten Herrn wie mir einen sehr großen Gefallen tun, ja vielleicht sogar seinen letzten!"
Mit gekonnt eingespielter Verblüffung antwortete ihm das Fräulein.
„Aber, aber, mein Herr, du bist mir, wie es scheint, einer von der schnellen Liga! Weißt du was, Du hast mich sehr neugierig gemacht! Lass uns aber zuerst etwas essen, mit leeren Magen kann doch letztlich keine glühende Romantik aufkommen! Bei lauschigem Kerzenlicht und gutem Essen werde ich mir dein Angebot durch den Kopf gehen lassen!"

Unser rheumatischer Casanova verzog sein Gesicht zu einem lüsternen Grinsen. Seine Mundwinkel reichten von einem Ohr bis zum anderen. Jetzt war er sich seiner Sache restlos sicher, was ihm die nahende Zukunft bereithalten würde.

„Meine Lotusblume, du und ich gehen in den exklusivsten Gourmettempel, welchen diese Stadt zu bieten hat! Du sollst es am eigenen Leib verspüren, dass wir alten Hasen noch einiges mehr auf dem Kasten haben, als manch junger Spund!"

Arm in Arm verließen die verliebten Vögelchen die Disco und ließen sich im Taxi zu dem erlesensten Nobelrestaurant im ganzen Umkreis chauffieren. In diesem vornehmen Haus glänzte und funkelte es, als wäre alles aus purem Gold! Mit einer noblen Handbewegung ließ sich Herr Franz vom Chefkellner an seinen und Brigittes Tisch beordern. Dieser überreichte den Beiden die Menükarte und sprach:

„Was möchten die Herrschaften trinken?"

„Champagner", bekam er von Herrn Franz als Antwort.

„Und essen möchte ich Austern und Belugakaviar, (Herr Franz wusste, frische Austern oder Meeresfrüchte im Allgemeinen beflügeln die Libido jedes Mannes), und du, mein Engel, was möchtest du essen?"

Da seine Flamme der französischen Sprache nicht mächtig war, zuckte die scharfe Brigitte mit den Achseln und gab ihrem Liebhaber zu verstehen:

„Du, das kann ich nicht lesen, lieber Franz, mein Französisch sieht so ganz, ganz anders aus!"

Nun musste der Kellner unterstützend eingreifen und übersetzte die Speisekarte vom Französischen ins Deutsche. Irgendwann wurde man sich einig und die feine Dame ließ sich einen exklusiv dekadenten Rinderbraten in einer exotischen Trüffelsoße servieren. Mit sichtbarem Genuss ließ sich das Paar das aufgetragene Nachtmahl munden. Später, kurz vor Mitternacht, als alles bis auf den letzten Essenskrümel verzehrt und der Champagner leer getrunken war, wandte sich das Fräulein Brigitte an ihren großzügigen Galan. Leise, sehr leise flüsterte sie in sein nach vorne gerichtetes Ohr:

„Mein lieber Freund, ich hab mir dein Angebot, bei dir zu übernachten gut überlegt und bin zu einem Entschluss gekommen. Mir würde sicher eine Menge Spaß entgehen, dir einen Korb zu geben. Also auf geht´s, lass uns in dein Hotel fahren!"

Nach dieser Offenbarung ließ Franz seine schmierige Zunge genüsslich von einem Mund-

winkel zum andern gleiten. Endlich war der alternde Casanova am Ziel. Er konnte es kaum erwarten mit der jungen Dame im Bett zu liegen, um mit ihr die restliche Nacht hindurch unanständig erotisierende Spielchen zu treiben. Eilig ließen sich die verliebten Turteltäubchen vom Restaurantbesitzer ein Taxi rufen. Sie wollten keine wertvolle Zeit, oder besser noch, keine einzige Sekunde ihrer bevorstehenden lustvollen Beschäftigung einbüßen!
Am Hotel angelangt gab Franz dem Taxifahrer wohlgelaunt ein nicht zu verachtendes Trinkgeld. Im Hotelvoliere orderte unser Held eine weitere Flasche vom besten Champagner.
Franz und seine Brigitte verschwanden in Richtung Aufzug und fuhren in die dritte Etage der stadtbekannten Luxusherberge. Übermütig wie ein jugendlicher Herold trug Franz seine neue Eroberung Brigitte auf Händen vom Lift bis hin zu seinem Hotelzimmer. Das gut gelaunte Fräulein kicherte wie eine übermütige Göre.
„Aber Franz, übernimm dich nicht, du hast heute Nacht noch Wichtiges vor!"
Doch der gab sich selbstsicher,
"Oh Brigitte - Maus, zerbrich dir nicht deinen schönen Kopf! In deiner Gegenwart fühl ich mich wie Gott Eros. Glaub mir, meine Venus, man muss mir schon die Hose zunähen und

mich zudem fesseln, damit ich meine aufgestaute Leidenschaft in Zaum halten kann!"
Im Zimmer angekommen legte Franz seine Spielkameradin sanft auf das riesige Bett, küsste sie und sprach zu ihr:
„Mein Schatz, ich muss nur noch schnell ins Bad, dann können wir beginnen, wozu wir beide letztendlich hier sind! Warte nur, deine Geduld wird belohnt werden!"
Eilig wie ein Junger lief Franz ins Badezimmer. Dort verschloss er sehr geheimnisvoll jene Tür. Mit einem diabolischen Grinsen griff er in seine rechte Hosentasche, angelte eine blau ovale Pille (Potenzmittel) hervor und schluckte sie. Selbstsicher bestaunte der mittlerweile nackte Franz sich und seinen kleinen Freund wohlwollend im Spiegel. Mit einer rituellen Geste fuhr er mit einem Kamm durch sein silbrig spärliches Haar. Mit einem abenteuerlichen Duft benetzte er sein Gesicht, nun war er für alles Bevorstehende bereit.
„Lass es gut sein, mein Guter, das genügt. Jetzt kann der Spaß, juche, richtig losgehen!"
Nackt wie ein griechischer Gott stand er im Schlafzimmer und betrachtete mit ausgefahrener Antenne die ebenfalls nackte Brigitte, die sich lasziv im Rhythmus der romantischen Musik hin und her bewegte.
Der vom kleinen Zeh bis rauf zu seinem Haar

erregte Franz kam dabei aus dem Staunen nicht mehr heraus.

„Wau, du bist nicht von dieser Welt, nur eine Göttin kann so aufregend schön sein! Meine Liebe, sieh mich und meinen kleinen Freund an, wir beide brennen lichterloh! Bitte, bitte mein Schatz, erlöse uns von meiner glühenden Leidenschaft!"

In dem Augenblick, als die erhitzte Stimmung ihren Höhepunkt erlangt hatte, passierte das ultimative Unglück! Ohne Vorwarnung entwich dem Fräulein ein undamenhaftes Windgestöber und das sollte nie und nimmer an wohlduftende Lavendelblüten erinnern. Mit der Schamesröte im Gesicht entschuldigte sich die zuvor noch hochgejubelte Göttin.

„Upps, Verzeihung, das tut mir aber sehr, sehr leid, mein Geliebter, den konnte ich nicht zurückhalten, der war unaufhaltbar für mich!"

Nach diesem Malheur wich die zuvor noch aufgeheizte Stimmung in den Keller, lauter unsichtbare Eiswürfelchen flogen nun durch den enterotisierten Raum. In dieser unterkühlten Umgebung verlor die Wunderkerze von Franz jegliche Spannkraft und Dynamik und wurde weich wie Butter in der laufenden Mikrowelle1 Völlig am Boden zerstört und aller Hoffnungen beraubt wandte sich Franz an seine Liebhaberin:

„Bravo Mädel, du weißt wirklich, wie man eine brennende Kerze ausbläst!
Vielen, vielen Dank auch!"

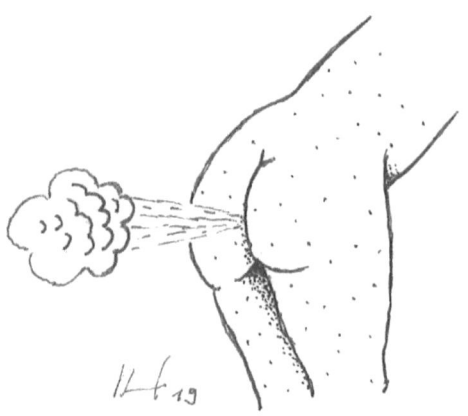

8 Dafür gibt es eine Pille

Mal ehrlich, wann waren Sie das letzte Mal beim Arzt? Wie bitte? Wie lange ist das her? Und Sie leben noch! Nehmen Sie sich ein Beispiel an mir, ich war heuer schon sechs Mal bei meinem Hausarzt. Leider muss ich Ihnen gestehen, zu diesem Herrn habe ich kein überzeugtes Vertrauen mehr. Warum? Der findet trotz meiner unzähligen Beschwerden keine brauchbaren Anzeichen einer ernsthaften Krankheit. Die Diagnose meines Arztes ließ mich oft an seiner fachlichen Kompetenz zweifeln. Der Kerl glaubt doch tatsächlich, ich sei kerngesund!
Keine Angst, ich werde Sie nicht mit meinen Gebrechen zulabern. Ich möchte nicht meine Krankengeschichte, sondern die eines Freundes erzählen.
Irgendwann im Sommer traf ich beim Verlassen einer Apotheke meinen Freund Ludwig. Oh Gott, der arme Kerl sah völlig gaga aus. Mitleidig sprach ich zu ihm:
„Hallo Ludwig, mein Freund, geht es dir nicht gut? Du siehst krank aus, du solltest lieber zum Arzt gehen!"
Kraftlos gab mir Ludwig zur Antwort:
„Deuml, von dem komm ich gerade her!"
„Nun sag schon, was hat er gesagt? Was fehlt

dir?"

„Ach Deuml, wenn ich dir alles erzähle, was mir mein Arzt prophezeit hat, stehen wir morgen noch an gleicher Stelle!"

„Erzähl schon, für dich habe ich alle Zeit der Welt!"

„Lieber Freund, als ich meinen Arzt von meinem Leiden erzählte, sprach dieser als Erstes:

„Herr Troll, würden Sie sich freimachen, damit ich mit der Untersuchung beginnen kann."

Als mich der Medikus von oben bis nach unten gründlich musterte, schüttelte er verzweifelt seinen Kopf. Er sprach zu mir:

„Herr Troll, Sie sind zu dick! Kann es sein, dass Sie gerne und viel essen?"

„Iwo, Herr Doktor, nur kleine Häppchen. Gestern Abend gab es nur eine halbe Kalbshaxe und zwei Knödeln."

„Kleine Häppchen also", sagte der Arzt und schüttelte seinen Kopf erneut.

„Ich vermute, dass der Herr gerne trinkt. Na, wie viel Bierchen sind´s denn so im Tagesdurchschnitt?"

„Herr Doktor, ich schwöre bei Gott, ich trinke kein Bier."

„Das kann nicht sein", gab mein Arzt zur Antwort. Das glaub ich Ihnen nicht! Sie zittern doch!"

„Aber, Herr Doktor, ich sagte doch, dass ich

kein Bier trinke! Aber zu einem Gläschen Kirschlikör oder einem roten Burgunder würde ich nicht Nein sagen."
„Aha, ich hab verstanden. Los, machen Sie mal zehn Liegestützen!"
Eins, zwei, drei…………uff………..zehn.
„Mensch, sind Sie was von kurzatmig! Treiben Sie keinen Sport?"
„Herr Doktor, meine Frau sagt immer, Sport ist Mord. Und sie hat Recht, denn es passieren zu viele Unfälle auf den Sportplätzen. Da bleib ich doch lieber in meinem Fernsehsessel sitzen und sehe fern. Von hier aus kann man den Sport mehr genießen als wäre man vor Ort."
„Wie viele Zigaretten?", fragte der Arzt.
„Herr Doktor, ich rauche keine Zigaretten, aber meine Ehefrau."
„Deuml, mein Freund, der Arzt wurde immer unsympathischer. Der Kerl ließ nicht locker."
„Mann, Sie rauchen doch, geben Sie es schon zu!"
„Ja, aber nur Zigarren Zigaretten sind Tabu, dieses Teufelszeug rühr ich nicht an!"
„Mein Guter, Sie sind gerademal fünfundvierzig und haben die Statur eines Achtzigjährigen. Der Rücken ist total schief und Ihre Knie knacken wie dürres Holz. Und was sehe ich noch? Ihre Füße sind ganz schwarz. Hierbei handelt es sich sicher um Durchblutungsstörungen. Das

kommt vom vielen Essen, Trinken und dem Zigarrenrauchen!"
„Aber nicht doch, Herr Doktor!", sagte ich.
„Das kommt nur daher, dass wir immer am Freitag unseren Badetag haben, doch leider ist heute erst Donnerstag."
„Na toll", entgegnete der Arzt empört,
„das freut mich für Sie!"
„Was sehe ich da?", grantelte der Arzt.
„Mein Herr, Sie haben Flöhe!"
„Herr Doktor, das ist nicht weiter schlimm, diese Tierchen haben wir von unserem Waldi, der Lauser will partout bei uns im Bett schlafen!"
„Wie bitte?", sagte der Arzt.
„Euer Köter liegt bei euch im Ehebett!"
„Aber ja doch, draußen ist es zu dieser Jahreszeit zu kalt oder würden Sie bei Minustemperaturen im Freien schlafen?"
„Deuml, stell dir mal die Frechheit meines Arztes vor. Ich hörte, wie er ganz leise sagte, ich sei ein unverbesserliches Schwein. Der glaubt doch tatsächlich, weil ich nur ein Kassenpatient bin, muss ich mir alles gefallen lassen! Das war aber noch bei weitem nicht alles, was mir der Herr in Weiß prophezeite!"
„Herr Troll, Sie hören und sehen schlecht, Sie brauchen wohl eine Brille und ein Hörgerät. Ihre Zähne stinken, sie sind verfault und Ihre

Nasennebenhöhlen stehen unter Eiter. Mit dem Ohrenschmalz in ihren Gehörgängen ließe sich gut ein ganzes Weizenfeld düngen. Außerdem sind Ihre Haare verfilzt, fettig und voller Schuppen. Von den Flöhen will ich erst gar nicht sprechen. Mann, Sie sind krank, ach, was rede ich, Sie sehen fertig aus!"
„Also Herr Doktor", sprach ich zu ihm.
„sagen Sie mir nicht, wie schlecht ich aussehe. Viel wichtiger wäre zu fragen:
„können Sie mir helfen?"
„Ja, dafür gibt es eine Pille. Hier von dieser Tablette nehmen Sie dreimal täglich eine. Gute Besserung und auf Wiedersehen!"
Und beim Verlassen der Praxis rief mir der unverschämte Quacksalber noch nach:
„Herr Troll, eine Bitte gebe ich Ihnen mit auf den Weg, kommen Sie in Zukunft erst am Freitag nach dem Badetag zur Sprechstunde!"
„War das alles oder kommt noch mehr?" Fragte ich meinen Freund Ludwig.
„Deuml, glaub mir, mir genügt die Prophezeiung meines Medizinmannes!"
„Ludwig, jetzt habe ich Gewissheit, du hast all meine Zweifel gegenüber der modernen Medizin aus dem Weg geräumt. Erst jetzt weiß ich bescheid, mein Arzt ist doch um Welten besser als der deinige!"

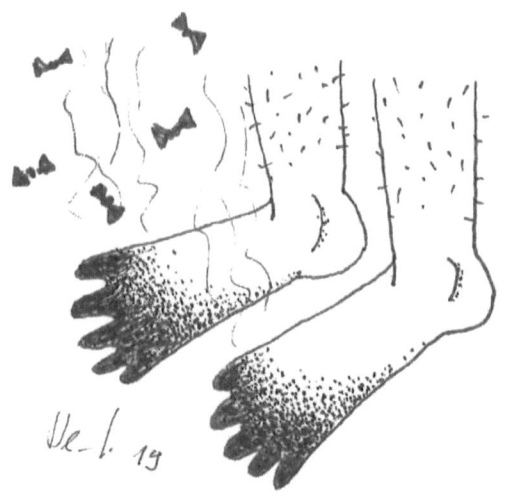

9 Unser Rehlein

Es ist Sommer und was kann man an lauen Sommernächten mit Freunden oder seiner Familie tun. Mein Vorschlag, was spricht gegen ein Grillfest. Dies wäre sicher eine gute Wahl.
Von solch einem Fest kann ich Ihnen eine nette Geschichte mit Happy End erzählen. Dieses Abenteuer handelt von einem stadtbekannten Hardrocker, der wie jedes Jahr am vierundzwanzigsten August seinen Geburtstag feiert. Unser Geburtstagskind, nennen wir ihn Anton, gab all seinen Freunden und Bekannten eine schriftliche Einladung für eine raubtierhafte Sauf-und Fressorgie unter Gottes freiem Himmel. Diesmal aber wollte Anton seinen Gästen etwas ganz Besonderes zu seinem vierzigsten Jubeltag bieten. Heuer sollte ein ganzes Spanferkel über dem offenen Grill geröstet werden. Nachdem alle Einladungskarten versendet waren, gingen Anton und sein Bruder Franz daran, sich um das leckere Grillgut oder besser, die ganze Sau, zu kümmern. Bei einem Ihnen bekannten Schweinebauern ließen sich die Beiden alle infrage kommenden Ferkel zeigen. Mit dem rechten Zeigefinger hielt Anton auf ein mittleres Schwein. Anschließend wurde das arme Tier mit einem Zollstock abgemessen und

für das bevorstehende Fest am Wochenende als tauglich befunden. Zuhause ließen die beiden hartgesottenen Rocker zur allgemeinen Freude von Antons Kindern das sehr lebhafte Schweinchen im weitläufigen Garten rauf und runter rennen. Das sah vielleicht lustig aus! Und alle zur Familie Gehörenden lachten aus vollem Hals! Antons Frau Helga sprach als Erstes zu ihrem Gatten:
„Anton, sieh Dir nur den kleinen Frechdachs an, das lustige Tier springt und hüpft wie ein kleines Reh durch das hohe Gras!"
Selbst die harte Rockerseele Anton musste zugeben:
"Helga Schatz, Du hast Recht, es sieht niedlich aus, dem Ferkel beim Herumrennen zuzusehen. Aber leider, dürfen wir uns nicht zu sehr an das Tier gewöhnen, schließlich ist es doch unser Fleisch für das Grillfest am Wochenende!"
Der genaue Termin für die bevorstehende Hinrichtung für das Grillgut stand für Anton unwiderruflich fest. Am Samstag sollte das schreckliche Drama um Schweinchen Rehlein, **(diesen Namen erhielt das lustige Ferkel von Antons Ehefrau und ihren Kindern)** letztendlich stattfinden.
Samstagmorgen sehr früh, damit die Familie nichts vom stattfindenden Schweineschlachten mitbekam, machten sich Anton und Bruder

Franz eifrig daran, das mittlerweile lieb gewonnene Ferkel ins Jenseits zu befördern.
Die beiden Brüder legten sich ein scharf geschliffenes Messer, eine Säge und eine Blutauffangwanne zurecht. Anschließend führten sie den netten und quietschlebendigen Delinquenten zum Richtplatz. Dort angekommen, streichelte Anton seinem noch lebenden Schweinebraten liebevoll über den Kopf und sprach:
„So mein Rehlein, jetzt ist es soweit! Du wirst uns tot sicher genauso viel Spaß bereiten. Keine Angst, es tut nicht weh, ich verspreche dir, es wird ganz schnell gehen!"
Anton hatte die ehrenvolle Aufgabe, dem Rehlein die Kehle durchzuschneiden. Er nahm das Messer und hielt es an den Hals des lustig dreinschauenden Schweinchens, um seine grausame Tat zu vollenden.
Jeder von uns weiß, was Rocker doch für knallharte Jungs sind, bei denen erinnert nichts an gefühlsmäßige Weicheiduselei. Jedoch bei dieser Aufgabe hatte unser Anton gewisse Schwierigkeiten. Als Anton mit dem Messer in der Hand in die liebevollen und lebhaften Augen von Schweinchen Rehlein sah, übermannte ihn eine heftige Gänsehaut. Nach mehrmaligen Anläufen legte er das Messer unverrichteter Dinge beiseite und sprach mit Tränen in den Augen zu seinem ebenfalls verstörten Bruder:

„Franz, ich schaff das nicht, das verdammte Schwein hat mich weichgekocht! Jetzt musst Du beenden, was ich mir vorgenommen habe!"
„Ok, Du Milchbubi, gib mir das Messer, dann mach ich das! Es wird doch kein zu großes Problem sein, ein kleines Ferkel zu schlachten!"
Mit verweinten Augen gab Anton seinem Bruder das scharf geschliffene Messer. Etwas bummelig sprach der Franz:
„Anton, wenn Du schon zu weich bist, das Tier zu töten, dann halt es gefälligst fest, damit ich mit dem Messer nicht abrutsche und mich gar selber in den Finger schneide!"
Also hielt Anton statt seinem Bruder das Rehlein mit beiden Händen fest und Franz sollte mit der Klinge den Hals des Tieres durchtrennen. Von wegen harte Jungs, die beiden Scharfrichter sollten heftige Gewissensbisse plagen und keiner brachte es übers Herz, dem niedlichen Ferkel den Hals durchzuschneiden!
Nach langen Diskussionen sprach Anton schließlich das längst fällige Machtwort:
„So, wir zwei Helden! Wir bringen es nicht fertig, ein simples Schwein abzumurksen. Da hilft nur eins, wir müssen uns wohl oder übel Mut ansaufen. Danach wird uns das blutige Gemetzel sicher leichter von der Hand gehen!"

Antons Idee war für beide eine erfreuliche Alternative. Anton ging ins Haus und räumte den Wein- und Spirituosenkeller leer. Mittlerweile war schon der späte Nachmittag hereingebrochen, als Antons Gattin Helga zu jenem Raum ging, in dem das blutige Spektakel stattfinden sollte. Beim Öffnen der Tür bekam sie einem heftigen Schock. Da lagen doch tatsächlich Ihr Gatte Anton und Schwager Franz sowie das quietschlebendige Ferkel Rehlein in paradiesischer Eintracht nebeneinander. Die zwei Brüder waren von den Zehenspitzen an bis hinauf zur Unterlippe vollgeschüttet mit Wein, Schnaps und Bier! So besoffen wie jetzt hatte Helga ihren Gatten und seinem Bruder Franz noch nie erlebt!
Nachdem das Rehlein die Dame des Hauses sah, rannte es zielgerichtet ins Freie, wo es von den Kindern mit freudigen Jubelschreien empfangen wurde. Helga, die gute Seele, ließ die beiden Brüder ihren Atomrausch ausschlafen, eigentlich war sie sehr stolz auf ihren Ehemann, der zwar immer und überall den eiskalten Macho spielte aber in Wirklichkeit weich wie sein konnte wie geschmolzene Butter. Am glücklichsten aber waren Antons Kinder. Sie hatten jetzt ein verrücktes Schmusetier. Und alle riefen:
„Hurra, unser Schweinchen Rehlein bleibt bei

uns und wir geben es nie wieder her!"

Am Tag seines Geburtstags saßen Anton und sein Bruder Franz völlig verkatert und verstört vor ihren vielen Freunden und Bekannten vor der Geburtstagstorte und kämpften um das Überleben. Doch wie versprochen wurde gegrillt, es gab leckere Sojawürstchen und gesunde Gemüseschnitzel. Alle anwesenden Gäste hatten die größte Freude, allen Kindern zuzusehen, wie sie mit dem Ferkel Rehlein durch den Garten tollten. Das lustige Schwein wuchs und wuchs und aus Rehlein wurde eine stattliche Sau mit fast drei Zentnern. Damit es nicht allzu einsam war, bekam es ein Hängebauchschweinchen als Spielkameraden dazu. Diese rührende Geschichte liegt jetzt genau acht Jahre zurück. Nun, Anton wie auch seine Familie haben einstimmig beschlossen:

„Wir lieben unsere Schweinchen, wir essen nie wieder Fleisch!"

10 Die Standuhr

Franz, ein gut aussehender und vermögender Junggeselle, wollte sich wie so oft eine nette Damenbekanntschaft leisten. Dieser anspruchsvolle Herr wusste sehr genau, wo man diesen Geschöpfen am erfolgreichsten nachstellen konnte. In seiner Stadt gab es einen exklusiven Tanzpalast und in diesem Nobelschuppen war es für jeden Mann ein leichtes Spiel, eine dieser bezaubernden Grazien kennenzulernen.
Unser Franz begann am frühen Nachmittag, sich auf seinen nächtlichen Beutezug vorzubereiten - mit einem gut riechenden Aftershave, seinem besten Anzug und einer modisch korrekten Krawatte. In dieser Kombination sollte sein Erscheinungsbild der Damenwelt gegenüber unwiderstehlich erscheinen. Aber, was ganz, ganz wichtig für unseren Helden war, ist sein hochwirksames Potenzmittel, dass er sich von einem guten Freund besorgen lassen hatte. Ein Mann von Welt muss auf Nummer sichergehen und darf nichts dem Zufall überlassen. Für alles andere musste nur sein Charme in Aktion treten. Unser Franz fuhr mit seinem Mercedes vor das schicke Tanzlokal: Schon bei seinem Eintritt steckten die anwesenden Damen

ihre Köpfe zusammen und flüsterten bewundernd über den gut aussehenden Herrn. Mit einer gehörigen Portion Selbstbewusstsein ging er auf die jungen Damen zu und sprach:
„hallo, meine Hübschen, darf ich mich Euch vorstellen? Ich heiße Franz. Es würde mir sehr viel Vergnügen bereiten, wenn ich Euch Damen einen Drink ausgeben dürfte!"
Was für eine überflüssige Frage, natürlich durfte er!
Franz unterhielt sich sehr angeregt mit all den Schönen. Diese waren wie verzaubert von seinem Charme, besonders eine blonde Schönheit hatte es Franz angetan. Die beiden Täubchen tanzten in inniger Zweisamkeit den ganzen Abend hindurch. Bei dieser Gelegenheit kamen sie sich immer näher, so nahe, dass man kein Blatt Papier zwischen die Beiden hätte legen können. Spät am Abend flüsterte Franz seiner blonden Amazone ins Ohr:
„Meine Liebe, was hältst du davon, wenn wir Zwei noch auf einen Prosecco zu mir in meine Wohnung gehen?"
„Ok, ich gehe sehr gerne mit zu dir, du musst mir nur das Eine versprechen, dass du schön artig bist!",gab das Fräulein, ihrem Galan im Flüsterton zur Antwort.
Aber ja doch, er ist doch der geborene Gentleman. **(Ha, ha, wer dieses fade Versprechen**

glaubt, der glaubt auch noch an den Osterhasen!).

Mit dem Benz ging es zu Franz komfortabler Junggesellenwohnung, wo man sich noch weitere Prosecco in entspannter Umgebung genehmigte. Das Pärchen wurde durch romantische Musik und die Drinks immer lockerer und allmählich begann man sich zärtlich, wenn auch noch recht zaghaft zu küssen. Mit der Zeit benahmen sich die verliebten Turteltäubchen immer wilder und ehe man sich versah, waren Beide fast nackt. Doch plötzlich hielt Franz inne, entschuldigte sich bei seiner Flamme und ging eilig in sein Badezimmer. Dort nahm er verstohlen das von all seinen Freunden hoch angepriesene Ständermittel zu sich und kehrte dann mit neuem Tatendrang zu seiner hübschen Eroberung zurück.

Nun musste unser Freund nur noch darauf warten, dass das Medikament seine Wirkung entfaltete. Die zwei Liebenden waren nun vollkommen nackt und zu aller Sündhaftigkeit bereit, wenn Franz' Potenzmittel doch endlich seine aufsteigende Wirkung zeigen würde! Die Dame sah etwas enttäuscht auf Franz und seinen kleinen kümmerlichen Freund.

„Wahrscheinlich ist der viele Prosecco schuld, aber, bitte, nur nicht müde werden, gleich

werde ich die kleine Schwäche überwunden haben, dann, meine Liebe, lassen wir es richtig krachen!", versprach unser Don Juan seiner Herzensdame.
Das Fräulein nickte verständnisvoll mit dem Kopf und dachte sich:
„na ja, vielleicht braucht mein Liebhaber noch etwas Zeit, die Nacht ist ja noch jung, also warten wir's ab!"
Es sollte noch einige Zeit mit dem Krachenlassen dauern. Das erotisch abgekühlte Fräulein versuchte mit allen Mitteln der Kunst ihre Langeweile zu unterdrücken. Sie nahm sich aus Franz' Bibliothek die Biografie über das Leben und Treiben Casanovas. Durch das Lesen von erotischer Literatur erlebte die Schöne zumindest einen geistigen, wenn auch keinen realen Höhepunkt. Unser Franz aber sah immer wieder an sich herunter mit der Hoffnung eines Verzweifelten,
„bitte, bitte lass mich bloß nicht im Stich, nicht heute! Komm, mein Freund und mach' schön Männchen!"
Von Zeit zu Zeit sah das Fräulein rüber zu ihrem Helden, dieser aber musste zum wiederholten Male verneinend den Kopf schütteln. Nach langem Lesen, Hoffen und Warten verging der Blondine gehörig die Lust an Franz und seiner nicht stattgefundenen Liebeskunst.

„Mir reicht es, ich hab die Nase voll von dir, ich gehe nach Hause! Danke noch mal für den tollen und aufregenden Abend, du Minushirsch!", brüllte das Fräulein wütend dem Franz ins Gesicht, kleidete sich an und verschwand, ohne sich umzudrehen, auf Nimmerwiedersehen.
Unser entmachteter Frauenheld sah armselig und völlig am Boden zerstört auf das leergewordene Bett. Mit einem vernichtenden Blick nach unten sprach er wütend, der leer ausgegangene Liebhaber:
„Du sollst wie ein Soldat strammstehen, wenn man es von dir erwartet! Aber nein, heute will er sich, der feine Herr, lieber ausruhen!"
Als Franz nach der Uhrzeit sehen wollte, bemerkte er zu allem Verdruss:
„Na toll, alles, was zum Stehen kam, ist meine Armbanduhr! Was für eine Ironie."
Jetzt bekam er seinen Wutanfall und rief:
„So, das soll´s gewesen sein! Meine Uhr, die hat Charakter, die bleibt stehen! Toll, wirklich toll, und du da unten, du schlaffer Sack, holst geraden deinen Winterschlaf nach oder wie sehe ich das! Gratulation, ich freu' mich für dich!"
Wütend trank Franz den Rest der Proseccoflasche leer ging angewidert zu Bett und dachte sich,
„Scheiß Abend!"

Keine Angst, man muss sich nicht zu viele Sorgen um unseren Franz machen! Sein Ego ist stark genug, dass er ein solch verpasstes Schäferstündchen ohne bleibenden Schaden wegsteckte. Einige Wochen später ging unser Held, der Liebe wegen, wieder auf Damenjagd. Aber das eine schwor er sich, nur noch Potenzmittel von seinem Hausarzt und kein wertloses Zeug mehr von einem Kerl aus dem Schwarzmarkt.

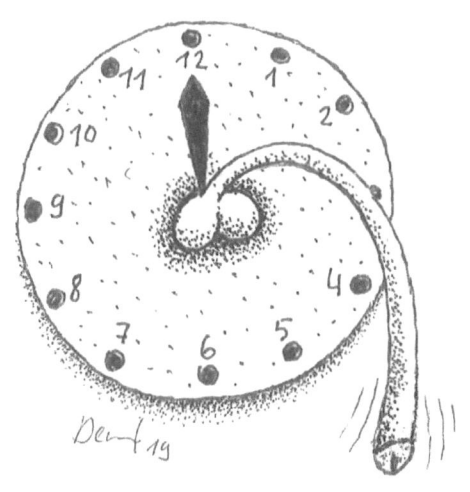

11 Natürlich kann ich davon leben, wenn ....!

Wer sich für den Beruf „Künstler" entscheidet, der soll sich besser mit einem dicken Fell ausrüsten. Eines kann im Vorhinein gesagt werden: das ewig verkitschte Klischeebild, Künstler hätten lange Bärte, lange fettige Haare, in denen sich Tausende Flöhe tummeln, ist ein ewiger Irrglaube. Und dass diese sensiblen Pinselakrobaten mit ihren Aktmodellen bis Mittag im Bett liegen oder den ganzen Tag in einem verruchten Kaffeehaus bei Rotwein und Haschzigaretten verbringen würden, auch das - meine Herrschaften - entspricht nur seltenst der Wahrheit. Zu gerne hält man diesen Herrn Genies vor, sie seien jeden Abend besoffen wie zwanzig Matrosen, was zur Folge hat, dass sie unkontrolliert unter den Barhocker fallen. Auch das muss zugunsten des Kunstschaffenden korrigiert werden. Dieses Erscheinungsbild gehört in das Reich der Fabeln. Heute ist der Beruf Künstler weitgehend anerkannt und man kann, wenn man das Glück auf seiner Seite hat, sehr gut von der Kunst leben.
Jedoch, an diesem edlen Berufsstand haftet noch immer etwas von der allgemeinen Mei-

nung des ewigen Misserfolges an. Das Mittelalter ist scheinbar noch nicht restlos ausgerottet. Keine Mutter gibt ihre Tochter einem heruntergekommenen Bohemien, selbst dann nicht, wenn dieser Kerl noch so gekonnt mit Pinsel und Farbe umzugehen vermag. Lebenserfahrene Eltern wissen Bescheid, sie wissen genau, warum sich diese Farbschmierer ausgerechnet ihr Tochterherz angelacht haben. Nicht die Tochter ist das Objekt ihrer Begierde, nein, das Lebensmittelgeschäft der Eltern erweckt viel größeres Aufsehen. Diese Helden von Farbe und Leinwand sind ständig auf der Suche nach Essbarem, sind undiszipliniert, ewig pleite und zudem auch noch mit einer fanatischen Arbeitsscheu gesegnet. Ein Berufszweig also, der zwischen Hunger und Sozialamt hin und her wandert.

Diese Typen sind zweifelsohne sehr charmant. Doch Vorsicht! Wer nicht rechtzeitig die Kurve kriegt, der wird von diesen Burschen regelrecht eingeschleimt! Schließlich ist es ihr lebensrettender Charakterzug. Denn ein Maler, Bildhauer oder wie auch immer, ist mit seinem liebreizenden Gesülze stets danach bestrebt, den einen oder anderen vollen Kühlschrank zu erhaschen. Bitte, meine Damen, seid ja nicht zu blauäugig! Bei den meisten Künstlern sollte man ein gewisses Misstrauen an den Tag legen!

Leihen Sie diesen Herrn ja kein Geld! Glauben Sie mir, Ihr verliehenes Geld hätten Sie genauso gut in den nächsten Fluss werfen können! Für ein Darlehen von nur fünfzig Euro muss dieser Nichtsnutz bestimmt mehrere Jahre sparen.
Lüge, alles Lüge!
Dieses Gelaber ist völlig unkorrekt. Natürlich verweilen Künstler viel länger im Bett als sonst wer, das heißt aber noch lange nicht, dass sie dies wegen ihrer Faulheit tun. Diese frevelhafte Unterstellung wäre nicht gerechtfertigt!
Da brauchbare Aktmodelle meistens ehrenamtlich, sprich, umsonst arbeiten, ist es die heilige Pflicht jener Herren sich allzeit rührend um ihr Personal zu kümmern. Soviel Opferbereitschaft ihrerseits muss schon sein! Will der Künstler doch, dass diese gutaussehenden Damen weiterhin ihrem Meister bei bester Laune Modell stehen! Und das macht Sinn!
Stellen Sie sich nur mal das Drama vor: Ihre Enkelkinder gehen in ferner Zukunft in ein Museum und erblicken ein Aktbild unseres Meisters, das eine völlig frustrierte Dame darstellt. Nicht auszudenken, oder! Nur deshalb liegen der Meister und sein Modell noch mittags eng umschlungen im Bett und besprechen ihre bevorstehende Arbeit.
Auch für das Haschischrauchen gibt es eine plausible Erklärung. Natürlich ziehen sich

Künstler die hirnfressende Droge aus der Hanffamilie in rauen Mengen in sich hinein. Illegal hin, illegal her, für den exzessiven Genuss jenes verbotenen Krautes ist ganz und gar unsere derzeitige Regierung verantwortlich. Schließlich sind simple und straffreie Zigaretten dank horrender Steuern in den meisten Fällen mindestens dreimal so teuer wie das strafrechtlich verfolgte Haschisch. Daher ist es nicht verwunderlich, dass kreative Naturen, die mit ihren finanziellen Ressourcen sehr knapp kalkulieren müssen, nach dieser stimulierenden Rauchware greifen.

Und noch was, seinen Rotweinkonsum pflegt ein seriöser Künstler nicht unbedingt jeden Tag! Genauer gesagt: säuft er nicht, dann isst er auch nichts! Denn der gute Mann steht wie so oft auf dünnem Eis, das sich unter seinesgleichen Bankrott nennt.

Dieser träumerische Menschenschlag ist seit jeher gewohnt nur kleinwertiges Metall statt wertvollem Papiergeld in den Händen zu halten.

Diesen Prognosen zufolge ist es leicht, einen angehenden Künstler zu seiner Berufswahl zu beglückwünschen, dadurch erhöht sich seine Chance niemals an der Zivilisationskrankheit Übergewicht zu sterben.

Mit einem solchen pinselschwingenden

Schmierfink, seines Zeichens genialer neoabstrakter Expressionist **(was dies letztlich bedeutet, muss ich Euch leider schuldig bleiben.)** bin ich befreundet. Als ich eines schönen Tages durch unsere prächtige Altstadt wanderte, traf ich meinen alten Bekannten und ehemaligen Saufkameraden Franz Emil Mayer.

„Hey Franz, du siehst gut aus!", sagte ich zu meinem Freund.

„Hallo Deuml, ich hoffe, es geht dir genauso gut wie mir!"

„Sag schon, was macht die Kunst? Und wie lebt es sich als Künstler? Hast du in letzter Zeit etwas verkauft? Und kannst du von deiner Arbeit leben?"

„Deuml", bekam ich Antwort, „natürlich kann ich von meinen Bildern leben! Ich muss nur auf etwas Luxus verzichten."

„Welchen Luxus?", fragte ich.

„Meinen Luxusverzicht, mein Freund Deuml, kann ich dir gerne erklären. Ich verzichte zum Beispiel auf feste Nahrung, Wohnung, wie auch Kleidung und medizinische Versorgung. Nun, wenn ich auf diese kleinen spießigen Annehmlichkeiten verzichte, dann mein Guter, kann ich sehr gut von meiner Kunst leben!"

12 Förster Aloisius

Dies ist eine Geschichte, die uns allen zu denken geben sollte. Es handelt sich dabei um die Ausrottung einer ganzen Tierart. Und das einzig noch lebende Exemplar sollte von diesem Drama erzählen. Nennen wir ihn Aloisius, Förster Aloisius.

Förster Aloisius ist auf dem Weg zu seinem Wald, um seine allwöchentliche Inspektion durchzuführen. Doch von einem Wald kann nicht mehr die Rede mehr sein, schließlich wurde dieser vor einiger Zeit komplett kahl gerodet. Was für ein jämmerlicher Anblick! Bei jeder Inspektion dachte sich unser Aloisius: „Völliger Irrsinn! Aber was soll ich sonst tun? Auch wenn kein einziger Baum mehr steht, ich werde trotzdem nach dem Rechten sehen!"

Dieser armselige Zustand, in dem sich sein ehemaliges Revier befindet, war beileibe nicht immer so. In früheren Zeiten wucherte hier ein Wald soweit das Auge sehen konnte. Hier an diesem Ort tummelte sich eine Vielzahl von Lebewesen, jeder fühlte sich ungemein wohl in diesem weitläufigen Biotop sowie eine nicht zählbare Meute seiner eigenen Spezies. Hier lebten alle harmonisch und zufrieden zusammen, es herrschte sogar absolute paradiesische

Eintracht. Unser Förster erinnert sich noch sehr genau daran. Wie oft haben er und seine vielen Kameraden ein berauschendes Fest nach dem anderen gefeiert!

„Wie oft tanzten ich und meine heiß geliebte Gattin die ganze Nacht hindurch!"

Förster Aloisius' Gattin war eine absolut feminine Schönheit, nach der alle die Augen verdrehten. Langes blondes Haar, das ihr bis an die Taille reichte und ihre blauen Augen waren strahlender als die edelsten Diamanten.

„Wie oft lagen wir Zwei auf einer Waldwiese und himmelten den Sternenhimmel an, In solch idyllischen Augenblicken haben wir Beide unsere schönsten Kinder gezeugt."

An diesem Wald hingen die schönsten Erinnerungen von Aloisius und seiner Gattin mitsamt ihrer großen Familie.

„Ach, wie toll war es für uns alle, am Sonntag mit der ganzen Rasselbande ein gepflegtes Picknick in frischer Luft und freier Natur einzunehmen. Die Kinder spielten Verstecken, meine Frau und ich suchten uns ein lauschiges Plätzchen und machten voller Leidenschaft neuen Nachwuchs. Diese herrliche Umgebung sollte unsere erotische Stimmung vollends zur Entfaltung bringen!"

Doch leider weilt Aloisius' Gattin nicht mehr unter den Lebenden. Die Arme wurde vor nicht allzu langer Zeit aus noch unerklärlichen Gründen zerquetscht. Von diesem Garten Eden blieb nichts, aber auch gar nichts verschont! Kein Baum, nicht mal Gras gibt es hier, alles wurde fein säuberlich beiseite geräumt. Wo früher ein Urwald mit all seinen Geschöpfen stand, sieht es heute aus wie in der Wüste Sahara. Man kann seinen Blick bis an den Horizont schweifen lassen, ohne dass die Augen an einem interessanten Objekt hängen bleiben. Jeder - bis auf Förster Aloisius - musste sterben.

„Ja früher, das waren noch Zeiten", dachte sich unser einsamer Held,

„mehrmals am Tag gab es früher ein heftiges Erdbeben, der ganze umliegende Wald erzitterte und bebte. Doch "Gott sei Dank" standen viele Bäume, an denen man sich festhalten konnte, zur Verfügung. Bei diesem endzeitmäßigen Gerüttel vernahm man wilde Geräusche, die sich von Weitem anhörten, als seien Hirsche in ihrem Brunftgeschäft und brüllten um die Wette, was ihre Kehlen hergaben."

Das Tollste daran, nach jenem erdbebenmäßigen Geschaukel kamen oft neue Kameraden und Kameradinnen von einem anderen Stamm aber der gleichen Art unseres Försters hinzu. Unsre Zahl stieg ins Unermessliche. Manchmal wenn das Geschaukel zu heftig wurde, ist es unseren Aloisius mehrmals passiert, dass er auf einem ihm unbekannten und fremden Grundstück wieder zu sich kam. Doch meistens, nach nur ein paar Tagen, konnte er sich wieder an seinem heimatlichen Wald zur Freude seiner großen Fangemeinde erfreuen.

Was das Artensterben anbelangt! Der Grund hierfür kam direkt vom Himmel, in regelmäßigen Abständen kamen von oben herab giftige Gase und widerlich ätzende Dämpfe. Von diesem ungesunden Smog wurden all seine Bekannten, Freunde und seine gesamte Familie dahingerafft.

Unser Förster sollte alles Zerstörende von oben überleben, er ist der geborene Glückspilz, wenn auch ein tragischer. Trotz heftiger Schicksalsschläge gab unser Held Aloisius keinesfalls auf. „Auch wenn ich der letzte meiner Rasse bin, muss ich Haltung bewahren. Und wer weiß, vielleicht kommen die alten Zeiten zurück! Und der Wald wird wieder wachsen und von neuen bevölkert, dann werde ich, Förster Aloisius, Bürgermeister in meinem Wald sein!"

Mit dieser optimistischen Grundeinstellung hielt sich Aloisius über Wasser. Nichts konnte seinen Lebenswillen bremsen. Manchmal sollte es, zur Freude unseres Försters geschehen, dass sich nach einem oder gar mehreren Erdbeben einige seiner Art auf seinem ehemaligen Wald wiederfanden. Doch leider - seine Freude über neue Gesellschaft sollte nicht allzu lange währen. Durch das heftige Schaukeln, stürzten die armen Teufel unweigerlich zwecks Mangel an Bäumen, an denen sie sich hätten festhalten können in einen bodenlosen Abgrund.

„Ach ja, diesen grausigen Anblick muss ich jeden Tag von neuem erleben, früher aber hingen an jedem Baum drei oder gar vier meiner Kameraden und anschließend, als das wilde Erdbeben vorüber war, wurde heftig weitergefeiert. Das Tollste aber, wir alle spielten für unser Leben gerne Verstecken in dem dichten und wuscheligen Wald. Ach was hatten wir doch für eine Menge Spaß, besonders mit unseren Frauen! Nach dem Versteckspiel war jede von denen glücklich schwanger. Hui, das waren vielleicht lustige Zeiten!"

Aber bitte lassen wir mal alle Sentimentalitäten beiseite und wollen unseren Förster in ein reales Licht rücken. Unser Aloisius ist, um sein Dasein näher zu beschreiben, nur bei seiner eigenen Art hoch angesehen und beliebt. Bei den Menschen jedoch rufen Aloisius und seine Freunde nur Ekel und Abscheu hervor. Warum? Ganz einfach, Aloisius und seine Kumpane gehören der Kleintierrasse an, der Volksmund benennt diese niedlichen Tierchen auch sehr verachtenswert als Filzläuse wie auch Sackratten oder gar Oberschenkelantilopen. Ihr alle kennt diese Tiere nur zu gut! Und sein ehemaliger Wald bestand aus dichtem Haargespinst. Wo? Na sie wissen schon! Und der wurde von der Besitzerin jener Haarpracht gnadenlos kahl rasiert. So glatt, dass Aloisius und seine vielen Freunde gut und gerne darauf Schlittschuhlaufen hätten können.

Die Waldbesitzerin hieß Fräulein Susi. Diese attraktive junge Dame verdient ihr Geld als erfolgreiche Horizontalarbeiterin. Und die verheerenden Erdbeben waren ihre wild gewordenen Freier, die manchmal einige ihrer eigenen Tierchen bei Susi und dem ungeliebten Aloisius zurückließen. Doch Susi wusste sich zu helfen, und zwar durch kompromisslosen Kahlschlag und Einsatz von Insektenspray. Das waren also die giftigen Gase, die vom Himmel herabkamen und Aloisius Freunden und Verwandten den Garaus machten. Nur Aloisius' Gattin - die Schöne, wurde von Fräulein Susi gesichtet und sofort rücksichtslos zwischen den Fingernägeln zerquetscht.

So, meine Damen und Herren, durch das Schicksal von Aloisius und seiner liebenswerten Gattung, muss jedem von uns Menschen unweigerlich klarwerden, dass das weltweite Waldsterben auch der armen Tierwelt gehörig schadet!

13 Von Ungeziefer hin zur ewigen Liebe

„Scheiß Engerlinge! Das verfluchte Viehzeug frisst mir all meine Kräuter weg!"
Bei dieser Wutrede konnte es sich nur um eine ambitionierte Gartenliebhaberin handeln!
„Gegen dieses Ungeziefer sind scheinbar selbst die allmächtigen Götter machtlos. Nun, wenn das so ist, werde ich wohl mit der berühmten Chemie nachhelfen müssen. Mal schauen, ob sie dann noch Hunger auf mein heiliges Grünzeug haben!"
Die Gärtnerin, nennen wir sie Emma, ging in einen Giftshop, der sich dadurch auszeichnete, ein interessantes Firmenlogo zu besitzen. Und dies lautet:
„Haben Sie Probleme mit Ungeziefer, kommen sie zu mir und ich, Firma Siegel, werde zu gerne für dieses von Teufel geschaffene Getier die Totenglocke läuten!"
Ohne Skrupel und Mitleid der Kleintierwelt gegenüber stand Emma im Albtraumladen von Ratte, Maus und Co.
In diesem Laden sollte sich das Schicksal von unserer Emma von seiner besten Seite zeigen. Warum wohl? Genau in diesem Geschäft zwi-

schen Insektengift, Mausefallen und dergleichen passierte das, mit dem das Fräulein Emma nie gerechnet hatte. Bei Eintreten schellte die Ladenglocke und der Besitzer betrat den Verkaufsraum.

„Wau, der Kerl sieht verdammt gut aus!", dachte sich Emma und bekam bei dieser Gelegenheit zittrige Knie und Wangen so rot wie überreife Tomaten.

„Guten Tag schöne Frau", sprach der Besitzer jenes Ladens,

„welchen Wunsch darf ich Ihnen erfüllen?"
Nachdem sich Emmas Gefühlswelt etwas beruhigt hatte, gab sie dem Herrn hinter dem Verkaufstresen zur Antwort.

„Herr Siegel, ich habe Tausende hungrige Engerlinge in meinem Garten, die fressen mir alles, was grün ist, einfach weg!"

„Engerlinge sagten Sie, keine Sorge, die werden wir Beide sicher unter die Erde bringen."

„Aber aber, Herr Siegel, dort sind sie doch schon!", antwortete Emma lächelnd auf Herrn Siegels Scherz. Dieser Humor gefiel dem Herrn und mit einem frechen Augenzwinkern sah er sich die Kundin etwas näher an. Er musste sich gedanklich eingestehen:

„Das ist doch das nette Fräulein Emma, zweiter Vorstand von unserem Gartenbauverein! Oha, diese Dame sieht vielleicht umwerfend aus!"

Dieser schelmenhafte Blick jenes Herrn veranlasste Emma noch schöner auszusehen, sie ging ganz, ganz nah an Herrn Siegel heran und sprach sehr sanft zu ihm:
„Mein Guter, Sie sollen die Engerlinge nicht in der Erde, sondern ans für diese Tiergattung ungesunde Tageslicht befördern, bitte, bitte!"
Das stete Näherkommen dieser anmutigen Dame tat Herrn Siegel sichtbar gut! Um ihr seine absolute Wertschätzung zu zeigen, kam er Emma auf halbem Weg entgegen. Mit sinnlich erotischer Stimme sprach der verzauberte Ladenbesitzer:
„Schönes Fräulein, haben Sie vielleicht auch noch Ratten, die ich ins Jenseits befördern darf? Wissen Sie was, ich muss Ihnen unbedingt gestehen, Sie haben wunderschöne Augen!"
Mit sehnsüchtigem Blick und rosa Herzchen vorm Auge erwiderte Emma ihrem Gegenüber:
„Danke für Ihr nettes Kompliment mein Herr, Sie sind mir vielleicht ein frecher Schelm!"
Und, um die Flirtstimmung in die Länge zu ziehen, gab Emma ihrem Galan Recht.
„Was die Ratten betrifft, hierfür haben Sie sicher etwas, was denen zum Verhängnis werden sollte!"
„Schöne Frau, für Sie hab ich alles was Ihr schönes Herz begehrt!"
Und gleichzeitig schielte er mit einem Auge in

ihre Augen und mit dem anderen sah er auf ihr übergroßes Herz oder um ehrlich zu sein auf den Busen der positiv geladenen Emma. Mittlerweile kamen sich die Beiden immer näher, so nah, dass zwischen den flirtenden Parteien kein Blatt Papier mehr Platz gefunden hätte. Emma schmolz dahin wie ein Stück gefrorene Butter in der Mikrowelle. Mit so viel Charme habe sie nicht gerechnet. Mit gehauchter Stimme, bei der sogar die Impotenten wieder gehörig Feuer erlangten, antwortete ihm Emma:
„Herr Siegel, bevor wir weiterreden, möchte ich Sie bitten mich mit Emma anzusprechen und es wäre toll, wen ich du zu Ihnen sagen dürfte."
„Emma, natürlich kannst du, du zu mir sagen, nenn' mich
Moritz. Es ehrt mich, einer derart gutaussehenden sowie charmanten Dame wie du es bist dienen zu dürfen."
Die beiden verliebten Täubchen standen kurz vor ihrem ersten innigen Kuss. Da fragte Moritz sehr verliebt seine zukünftige Braut Emma:
„Meine Liebe, hast du auch Läuse?"
„Jawohl, ich hab auch Läuse!"
„Welche Läuse, Kopf oder Blattläuse oder gar, ach du weißt schon, was ich meine?"
„Natürlich Blattläuse, an was dachtest du!"
Jetzt unterbrachen die Beiden ihr Gespräch und küssten sich ungehemmt. Nun lagen die Zwei in

vollendeter Umarmung in der Abstellkammer, in einer kurzen Kusspause sprach Emma zu ihrem Liebhaber:
„Moritz, du bist 'ne Wucht, aber bitte, ich habe noch eine delikate Frage an dich."
„Mein Schatz, frag mich nur! Was möchtest du, mit was kann ich dir helfen?"
„Moritz verkauf mir auch noch ein Päckchen Schneckenkorn."
Beide lagen splitterfasernackt am Boden und Moritz fragt seine Emma:
„Wie viel Schneckenkorn brauchst du denn, ein oder zwei Kilo, oder gar einen ganzen Sack? Mann, oh Gott, dein Körper lässt mich total verrückt werden! Ach weißt du was, ich schließ den Laden ab, dann reden wir in Ruhe weiter!"
Nackt stand Moritz vom Ladenboden auf, ging zur Eingangstür und verschloss diese mit dem Argument:
„Wegen Todesfall vorübergehend geschlossen."
Diese Botschaft war keineswegs gelogen, schließlich starb Moritz Siegels Junggesellendasein. Und noch am selbigen Tag leisteten Emma und ihr Moritz den Grundstein für ihre zukünftige Großfamilie.
Jahre später: Moritz und seine Emma waren genauso verliebt wie damals, als Emma zum ersten Mal in Moritz' Geschäft ging, um etwas Gift

für ihre ekelhaften Engerlinge zu kaufen. Im Laufe ihrer zehnjährigen Beziehung wuchs ihre Familie zu einem neuen Volksstamm heran, drei Söhne, zwei Töchter, ein Hund, fünf Katzen und drei muntere Meerschweinchen sollten zur Sippschaft Siegel gehören. Aber Emmis und Moritz größte Leidenschaft gehörte nach wie vor dem nichtsnutzigen Ungeziefer. Oft, wenn Beide alleine und in einer intimen Situation waren, sprachen sie über Läuse, Ratten, Nacktschnecken und Engerlinge. Manchmal sprach Moritz sehr zärtlich in das Ohr von seiner geliebten Emma:
„Mein Schatz, wir müssen den Engerlingen und Co dankbar sein! Schließlich kamen wir nur wegen dem Ungeziefer zu unserer innig großen Liebe!"

14 Der kleine Deuml

Und? Was sagt Euch dieser Buchtitel? Ihr wisst keine Antwort darauf? Gut! Er besagt, dass die Papierpreise in heutiger Zeit in astronomische Höhen abdüsen! Die Papierindustrie – angefangen vom einfachen Toilettenpapier bis hin zum edelsten Büttenpapier verdient sich die berühmte Nase, während der schwerstarbeitende Autor stets in einen leeren Kühlschrank blickt. Damit will ich sagen, dass der, der es sich zur heroischen Aufgabe gemacht hatte, ein Buch zu schreiben, meist den Weg des Hungers einschlägt. Um es Euch zu beweisen, worüber ich rede, habe ich an einem einsamen Nachmittag **(ich hatte Zeit! Weil ich eh kein Geld für andere Aktionen hatte!)** einen alles klärenden Kassensturz gemacht und meinen kläglich verbleibenden Gewinn errechnet. Und ich musste zu meinem Leidwesen feststellen, dass ich mit meinem schriftstellerischen Enthusiasmus die Ausgaben für dieses für die Menschheit so schwergewichtige Werk mit Volldampf ins finanzielle All gejagt habe. Allein schon das Papier für ein Buchexemplar mit zweihundert Seiten kostet mich 0,12 Euro. Viel? Nein es kommen dann auch noch 0,50 Euro für einige Bleistifte und einen Notizblock für so manchen

Ideenschub auf die Ausgabenliste hinzu. Der pure Wahnsinn? Nein! Diesen astronomischen Betrag kann ich gerade noch stemmen! Es gibt ein weitaus größeres Problem! Was ist mit Bier, Wein und Cognac? Die Kosten für diese Mittel, durch die die müden Gehirnzellen zu tanzen beginnen, können so manchen Schreiberling an den berühmten Bettelstab bringen. Um mich für das lyrische Werk, das ich der Menschheit schenke, zu inspirieren, kommen eben unzählige Sixpacks vom feinsten Pilsener, Rotwein und Co. zum Einsatz. Warum auch nicht! Ein talentierter Schriftsteller braucht zuweilen Substanzen, um den Buchstabensalat zu ordnen, den er in seinen Kopf mit sich schleppt. Diese Flüssigkeiten schaffen es, mich und mein faules Fleisch an den Schreibtisch zu binden. Dabei wäre ich liebend gerne in meiner Stammkneipe, wo jede Menge hübscher Damen darauf warten, meine Aufmerksamkeit zu erhalten. Ob ich eingebildet bin? Aber nicht doch! Der allmorgendliche Blick in den Spiegel gibt mir die absolute Gewissheit, dass mich meine weiblichen Fans als leckere Sahneschnitte sehen, die es wert ist vernascht zu werden.

Erotik ist das eine und der Hunger kommt an zweiter Stelle. Garantiert! Trotzdem kostet es mich stets ein Vermögen, ein solches Büchlein auf den Weg hin zu den Lesern zu bringen!

Aber ich habe es wie durch ein Wunder ein weiteres Mal geschafft, die haushohen Hürden, die mich von allen Seiten her umzingelt hatten zu bewältigen und Euch mit meiner Lyrik zu beglücken!
Nun meine treuen Leser, jetzt seid IHR mit dem Kauf meines Buches an der Reihe, um mich mit Bier und Co. zu versorgen. Wohl bekomm's!

In diesem Sinne,

Euer Deuml

15 Robert Deuml (Vita)

Robert Deuml wurde als Robert Deumelhuber am 29.04.1958 in Tettnang, Baden Württemberg geboren. Mit fünf Jahren kam er nach Niederbayern genauer nach Landshut. Die Schulzeit Deumls war durchwachsen. Durchwachsen deshalb, weil er lieber vor sich hinträumte als dem öden und knochentrockenen Unterricht zu folgen. Trotz alledem war er sehr beliebt bei seinen Lehrkräften - besonders bei den Lehrerinnen, denn sein Talent zu schleimen sollte im Klassenzimmer einzigartig sein. Daher verwunderte es niemanden, dass seine Lieblingsfächer die Kunsterziehung und das Deutschfach waren. Das Malen von naiven Bildern – Deuml hatte mehrere Ausstellungen in seiner Heimatstadt und in der Münchner Kunstgalerie Charlotte Zander sowie bei Kunsthandel Hans Holzinger, ebenfalls München - ist neben dem Schreiben selbst erfundener Geschichten zu allen Zeiten sein absolutes Steckenpferd. Erst nach mehreren sinn- und freudlosen Aufgaben fand Deuml endlich eine Anstellung am Münchner Flughafen. Seiner Meinung nach ist dies der beste Arbeitgeber deutschlandweit.

Bereits erschienene Bücher des Autors:

Gratisfett für Jedermann

ISBN: 978-3-7448-3721-7,
Paperback, 2017,
177 Seiten, 8,99 EUR

Herzlich willkommen ihr Süßen

ISBN: 978-3-7460-7403-3,
Paperback, 2018,
192 Seiten, 7,99 EUR

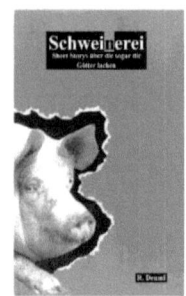

Schweinerei

ISBN: 978-3-7528-4211-1,
Paperback, 2018,
168 Seiten, 7,99 EUR

Rote Herzchen fressen Hirn

ISBN: 978-3-7481-4828-9,
Paperback, 2018,
168 Seiten, 7,99 EUR